ÉRASE UNA LEYENDA DE LAS TIERRAS ALTAS

TANYA ANNE CROSBY

Traducido por
DIANA ZAMORA CUESTA

Traducido por
LAURA LOSPITAO PASTOR

OLIVERHEBERBOOKS

Publicado por Oliver-Heber Books

❋ Creado con Vellum

RECONOCIMIENTOS

«Paisajes fascinantes, una traición sobrecogedora, y una conmovedora historia de amor anuncian el retorno triunfante de Tanya Anne Crosby a la antigua Escocia».
Glynnis Campbell, autora bestseller

«Tanya Anne Crosby es una maestra del género... Highland Fire te mantendrá pasando páginas hasta altas horas de la madrugada».
Laurin Wittig, autora bestseller

«Tanya Anne Crosby regresa con su novela de ficción histórica escrita como solo ella sabe, de una forma sublime y hermosa. Amor, honor, suspense, pasión... todo lo que necesita una novela romántica de las Tierras Altas».
Suzan Tisdale, autora bestseller de Rowan's Lady

«Los lectores son capaces de empatizar con los personajes de Crosby...»
Publishers Weekly

«Tanya Anne Crosby se propone hacernos pasar un buen rato y lo consigue con humor, una historia con buen ritmo y la cantidad justa de romance».
The Oakland Press

«Un romance repleto de encanto, pasión e intriga...»
Affaire de Coeur

«La señora Crosby mezcla la cantidad justa de humor... ¡Es fantástica y seductora!»

Rendezvous

«Tanya Anne Crosby redacta una historia capaz de llegar al alma y de vivir para siempre en el corazón».
Sherrilyn Kenyon #1 NYT autora bestseller

«Para mí, ella lleva siendo la reina de la ficción histórica desde hace dos décadas, ¡y aún es capaz de sorprenderme y dejarme con ganas de más!»
Barb Massabrook, lectora desde 1992

«Habrá momentos en los que se te encogerá el corazón... y otros en los que no podrás parar de reír».
Leah Weller, lectora desde 1993

ÉRASE UNA LEYENDA DE LAS TIERRAS ALTAS

TANYA ANNE CROSBY

Traducido por
DIANA ZAMORA CUESTA

Traducido por
LAURA LOSPITAO PASTOR

LEYENDA DE LA PIEDRA DEL INVIERNO

En otra época, en un lugar olvidado largo tiempo ha, el último Rey de los Pictos sufrió la traición de alguien a quien amaba. Llorando su innoble muerte, la Madre del Invierno sollozó de dolor y sus lágrimas heladas se resquebrajaron al caer sobre la tierra. Mas una permaneció intacta y fue entregada a los Guardianes de las Costumbres de Antaño para que al amparo de su luz se conocieran todas las verdades. Así reza el cuento de la Piedra del Invierno...

CAPÍTULO 1
KINGUSSIE, ESCOCIA. PRESENTE.

¿**H**as venido a Kingussie para el festival, muchacha? —preguntó la tendera.

Parpadeando, Annie Ross levantó la vista del cristal que sostenía en la mano, desorientada por un momento. Tras un instante de confusión recordó que se encontraba en una tienda de regalos de High Street esperando a que llegara su prima. No solía mostrarse tan distraída.

—No, lo cierto es... que me dirijo a Devil's Point.

La anciana le dedicó una sonrisa burlona pero no dijo nada. Aun así, Annie se dio cuenta de que a aquella mujer le había hecho gracia la elección de sus palabras.

Bien, lo cierto es que se dirigía a un lugar cuyo verdadero nombre era *Bod an Deamhain*. Ella y el consorte de la reina Victoria compartían el mismo pudor. Incluso en pleno siglo veintiuno, Annie había conseguido salir del paso usando el nombre más discreto de aquella cumbre cercana. No obstante, la traducción literal para alguien que tuviera un conocimiento más extenso del gaélico era el «pene del demonio». Al parecer, a pesar de que ya hubiera obras de teatro cuyo nombre homenajeaba a la vagina, ella aún no era capaz de mentar el miembro viril masculino delante de extraños. ¡Resultaba tan ridículo! Precisamente ella, que era científica después de todo. Achacó tanto recato a la falda que llevaba puesta. De alguna forma, parecía totalmente inapropiado pronunciar la palabra «pene» vistiendo una falda corta de tartán, estilo colegiala, que parecía más propia de un póster para fetichistas que de un colegio católico.

Como si hubiese leído su pensamiento, la tendera bajó la mirada hasta el dobladillo de la falda que le habían prestado a Annie.

—¿Eres americana, verdad? —preguntó elevando la ceja de su ojo sano, pues el otro estaba cubierto por un parche.

Annie frunció el ceño. Por alguna razón, la pregunta la puso a la defensiva. ¡Cómo si solo los americanos llevaran aquellas pintas! Y, de hecho, lo cierto era que su prima, la propietaria de la falda, era escocesa hasta la médula.

Annie suspiró. Desgraciadamente, durante el viaje a Kingussie su equipaje se había extraviado y su prima Kate, que al parecer no tenía ropa de más de un palmo de largo, le tuvo que prestar una camisa limpia y una falda. Además, la blusa de Kate tampoco tenía suficientes botones, y Annie había tenido que utilizar un imperdible para evitar que la gente le viera los pechos. Aun así, la longitud de su falda no era de la incumbencia de la tendera.

Afortunadamente, a Annie no le importaba demasiado la ropa. Mientras le cubriera lo suficiente, impidiera que la arrestaran por escándalo público, y no oliera como el borracho que iba sentado a su lado en el avión, su atuendo era la menor de sus preocupaciones. Su armario era bastante práctico, y tenía por costumbre llevar la larga melena azabache recogida en una coleta desaliñada, que su ex comparaba con una fregona. Por eso era su ex, y no como Kate solía decir, por su miedo al compromiso. Ella no tenía miedo de los hombres, pero sí carecía de paciencia para darlo todo sin recibir nada a cambio en una relación.

—Mi familia es de aquí —dijo ella mientras estudiaba el cristal que tenía en la mano.

—¿Sí? ¿De dónde? —preguntó la tendera—. No pareces escocesa. Espero que hayas traído algo más cálido que ponerte para la subida, muchacha —continuó—. Vas a ir por ahí dando las largas.

Annie no estaba muy segura de qué quería decir con eso y no tenía muchas ganas de preguntar, pero levantó el brazo para enseñar a la anciana el jersey que llevaba, con la esperanza de que dejara de comportarse como su madre.

—¡Eh! —dijo la tendera—. ¡Con eso te vas a congelar! Vas a necesitar algo más cálido, querida. Tenemos tartanes en venta —sugirió—. Seguramente, alguno vaya a juego con tu pequeña falda.

«Buena estrategia de venta, pero no gracias», pensó Annie.

—Gracias —dijo, y volvió a examinar el cristal.

El ascenso al pico *Bod an Deamhain* duraba unas ocho horas, pero Annie no pensaba llegar a la cima de momento. Solamente tenía la intención de aventurarse lo suficiente para inspeccionar los alrededores. Pero sus planes le concernían únicamente a ella y por eso no se lo mencionó a la anciana. Ya había demasiada gente intentando convencerla de que no lo hiciera, incluida su prima.

—Estaré bien —aseguró.

—Seguro que lo estarás —respondió la anciana y, al fin, se quedó callada mientras Annie volvía a contemplar la extraña roca que tenía en la mano.

A diferencia del resto de cristales que había en la cesta, este tenía una forma tan redonda que no parecía natural, como si se hubiera creado con algún tipo de molde. Pero su peso descartaba el plástico como material de fabricación. Comprobando su peso con la palma de la mano, examinó las estrías blanquecinas que tenía en el centro. La primera vez que lo miró, parecía incoloro. Sin embargo, ahora la tonalidad se tornaba verdosa, alterando su coloración como si fuera una de esas piedras que cambian de color con el estado de ánimo. Alzó la vista y vio que la tendera la observaba alternando la mirada entre el cristal que sostenía y su rostro, como si estuviera esperando alguna reacción.

—Es bonito —comentó Annie.

La tendera asintió.

Los minerales no eran precisamente el fuerte de Annie, aunque le gustaban, y en cierto modo es lo que le había llevado a comenzar su carrera. De niña se había dedicado a sacar de quicio a sus padres coleccionando cada una de las piedruchas que encontraba. De hecho, aquella visita al Parque Nacional Cueva Colosal había sido para ella como haber ido a Disney World. Y de alguna manera lo seguía siendo, aunque en lo referente a su carrera, había optado por un camino completamente diferente. La arqueología y la antropología lingüística eran las piedras angulares de sus estudios. Llevaba mucho tiempo obsesionada con los orígenes de la *Lia Fàil*, también conocida como la Piedra del Destino. Precisamente, de ello trataba su tesis, y aunque consiguió aprobar gracias a su trabajo de investigación, su profesor calificó su obra de poco original y eso le restó puntos en la nota final.

Por lo visto, según el profesor Van Sabelotodo, todo el mundo estaba obnubilado con la piedra. Pero Annie no estaba únicamente fascinada, además estaba consumida, como lo había estado también su padre. Ella asumía sus obsesiones con sinceridad y, seguramente después de todos aquellos años, simplemente había estado buscando alguna conexión con sus padres. Los echaba muchísimo de menos, y la idea de pasearse por el pasado a través de antiguos objetos era una forma de desdibujar la línea que separa la vida y la muerte, aunque solo fuera un poco.

En cuanto a la Piedra del Destino, su intención era demostrar de una vez por todas que la piedra expuesta en el castillo de Edimburgo no era la original, tal y como aquel incesante presentimiento le hacía intuir. Sin embargo, para demostrar su teoría necesitaba algún tipo de evidencia física. Por desgracia, las teorías aceptadas hasta la fecha no conseguían explicar nada, a excepción de una. Durante años, Annie había estado fascinada por un extraño informe acerca de un avistamiento acontecido cerca de Kingussie, que casualmente era el lugar de nacimiento de su padre. Una coincidencia muy oportuna porque desde niña, Annie había hecho excursiones por la zona cada año, y conocía el lugar como la palma de su mano.

Tenía sentido para ella, que la piedra estuviera escondida en algún sitio. En verdad, si fueras el abad de Scone, el enemigo estuviera en la frontera con la intención de robar el símbolo de libertad más apreciado de Escocia, y tuvieras tres meses para prepararte para su llegada, ¿dejarías la piedra a simple vista? Annie no creía que eso fuera posible. ¿Quién se quedaría de brazos cruzados esperando a Edward? Desde luego, Annie no. Ella hubiera escondido la piedra en algún lugar de la ladera. De hecho, la arenisca de la piedra expuesta en Edimburgo, pertenecía a alguna excavación cercana a Scone, mientras que la original, supuestamente, tiene raíces bíblicas y había sido traída desde Irlanda. Si aquella teoría era cierta, habría estado compuesta por un material totalmente distinto. Por lo general, había demasiadas historias relacionadas con la piedra que ponían en duda su autenticidad, si es que había algo de verdad en las leyendas.

Aún podía escuchar a su padre susurrarle: «Cuando el río suena, agua lleva, Pastelito».

—Amén —murmuró.

—¿Has dicho algo, muchacha?

—¿Dónde consiguió esto? —le preguntó Annie a la anciana, sosteniendo la piedra, intrigada por su composición.

El ojo verde de la tendera centelleó.

—Bueno, como dice la leyenda, estas son las lágrimas cristalizadas de Cailleach Bheur —dijo pasando la mano por encima de la cesta.

—¿Cailleach Bheur?

—Sí, ella era... es, la Madre del Invierno, guardiana de las Tierras Altas de Escocia —explicó la tendera—. Estas lágrimas fueron fruto de su corazón roto, y otorgó una a los Guardianes de las Costumbres de Antaño, para que su luz les revelase todas las verdades.

—Interesante —dijo Annie. Nunca había escuchado aquella

leyenda. ¿Se suponía que debía creerse que alguien había llorado lágrimas perfectamente redondas, del tamaño de una pelota de golf?

La anciana seguía mirándola, y se hubiera marchado para no seguir con la conversación de no ser porque el cristal la mantenía anclada en el sitio. Las otras piedras que había en la cesta no se parecían en nada a aquella. La giró en su mano, fascinada por lo extraña que era. Parecía brillar como si tuviera su propia fuente de energía, pero Annie no encontró ninguna veta en el cristal que indicara que se podía abrir para insertar una batería, ni signos de que se hubiera abierto alguna vez para insertar una y que después se hubiera sellado. Golpeó suavemente el cristal contra la cesta de exposición y, se preguntó si no sería de plástico. Pero tenía el aspecto y el tacto del cuarzo sólido.

—Ten cuidado con eso —le advirtió la anciana con una voz que sonaba tan antigua como el mismo tiempo— Es un tesoro.

«Tesoro».

Annie hizo una mueca burlona, recordando el anillo de Tolkien, que era descrito de esa misma manera por los que habían sucumbido a su embrujo. Pero se dijo a sí misma que aquello era solo una roca, y que no se estaba obsesionando con ella. De hecho, ella ya tenía demasiadas obsesiones y no necesitaba una más. Volvió a colocar el cristal con cuidado en la cesta y se giró para examinar unos folletos, deseando que su prima se diera prisa. Solían llamarla Kate la tardía. Annie echó un vistazo al reloj de la pared, eran las 10:17. Tarde otra vez, como siempre. Aunque, el día anterior su tardanza había sido algo positivo porque Annie se había tenido que quedar en el aeropuerto un rato más para rellenar los formularios de reclamación por pérdida de equipaje. No obstante, precisamente aquella mañana era un incordio, porque Annie se moría de ganas de subir a la montaña.

Le llegaban los sonidos del festejo desde la calle, a medida que la gente se reunía para ver el desfile. Deseaba marcharse de allí antes de que empezase todo el jaleo. Al parecer, estaban celebrando un festival patrimonial con motivo de la importancia histórica de la ciudad. En opinión de Annie, la fundación de Kingussie se remontaba al siglo dieciocho. Echó una ojeada a un folleto para contrastar ese dato. Antes de eso, no había sido nada más que un bosque de pinos. En su origen se había llamado *Ceann a' Ghiùthsaich*, aunque Kingussie significaba en gaélico «jefe del bosque de pinos», en referencia al inmenso bosque caledonio de pinos que una vez fue testigo de las batallas del rey Arturo y la desaparición de los pictos, y que era escenario principal de las historias románticas para dormir que su padre le había narrado. Aquellos antiguos bosques, que se habían formado después de la última era glacial, habían desaparecido casi en su totalidad en la actualidad. Annie había leído en algún sitio que tan sólo quedaban treinta y ocho emplazamientos dispersos por Escocia. En la tierra que rodeaba *Bod an Deamhain* apenas había árboles ahora, pero a Annie le hubiera encantado ver cómo era hace mil años.

Miró intensamente el cristal, deseando con toda su alma poder haber estado allí para verlo con sus propios ojos. De repente, se dio cuenta de que inconscientemente había vuelto donde estaba la cesta y tenía el cristal otra vez en la mano. Esta vez mientras lo sostenía en su mano, detectó algunas líneas rosas.

Estaba cambiando de color.

Las piedras de humor estaban hechas con cristales líquidos termotrópicos, que respondían a los cambios de temperatura alterando su estructura molecular, de manera que la luz se reflejaba en ellos mostrando diferentes colores, de forma similar a un prisma. Pero aquello no era exactamente como una piedra de humor. Las estrías de colores eran demasiado profundas para reaccionar a su temperatura corporal. Además, los colores eran algo difusos, casi como un aura. Nunca en toda su vida se había encontrado con un mineral tan peculiar.

Podía sentir el ojo de la anciana clavado en ella.

—¿Tu apellido no será, por un casual, Chattan? —preguntó la tendera.

—No, es Ross —respondió Annie—. Mi padre nació en algún lugar de por aquí —añadió, un poco distraída.

—¿Puede ser Raigmore? —insistió la mujer.

Annie la miró. Su ojo era más brillante que los de Annie, aunque ambas los tenían verdes.

—No lo sé. ¿Cuánto vale este cristal?

Una pequeña sonrisa irónica se mostró en los labios de la anciana.

—Este no está a la venta, muchacha. Como ya te he dicho, es un tesoro —respondió.

Annie parpadeó observando las pegatinas naranjas con el precio puesto en el resto de cristales de la cesta. Molesta, volvió a dejar el cristal donde estaba, y se esforzó en no preguntar por qué lo había metido en la cesta si no tenía intención de venderlo.

—Sin embargo... tengo el presentimiento de que estás destinada a tenerlo —anunció la tendera antes de que Annie se apartara.

Annie frunció el ceño. Si era un intento para sacar más dinero de un turista tonto, no iba a funcionar. De todas formas, ella no era una turista al uso.

—Gracias. Pero ya no estoy interesada —mintió.

—¡Bah! Me has malinterpretado, muchacha —dijo la tendera mientras se apresuraba a coger el cristal de la cesta para entregárselo a Annie. En las manos de la mujer, las estrías del cristal se tornaron verdes otra vez—. Te lo puedes llevar, si lo quieres.

Annie dudó, incapaz de entender del todo la situación. Pero la científica que había en ella daba saltos de alegría.

—¿Me lo está regalando? —preguntó Annie.

La mujer asintió.

—Si lo quieres, es tuyo.

—Pero pensé que...

—La Piedra del Invierno elige su poseedor y te ha elegido a ti —interrumpió la anciana.

Annie parpadeó mirando fijamente al cristal que la tendera

tenía en la mano. El color parecía extenderse por el resto del cristal, incluso más allá de su carcasa traslúcida, proyectando una luz verdosa en la cara de la anciana que contrastaba con la luz tenue de la tienda. Al amparo de aquella luz, el verde del ojo de la tendera se hacía aún más intenso. Todo aquello era muy extraño. Sin embargo, Annie aún no había aceptado el cristal, incapaz de entender por qué la mujer se lo estaba ofreciendo.

—¿De verdad? —preguntó Annie.

La mujer asintió. Su mirada centelleante era tan inquietante como los cambios de color del cristal.

Insistiendo en que se lo llevara, la mujer se lo acercó aún más a Annie, hasta que finalmente lo aceptó.

—Gracias —dijo ella—. Es usted muy amable.

Sin embargo, en el momento en el que puso la mano sobre el cristal, sintió una sacudida que le recorrió todo el brazo, mientras los colores del cristal se alternaban entre el verde, el rojo y el rosado. Perpleja, Annie volvió a mirar a la tendera.

La anciana alzó su enjuta ceja blanca.

—Magia de hada. —dijo guiñando su único ojo.

Annie podría haberse reído de la explicación, podría... si hubiera sido capaz encontrar algún razonamiento lógico para aquella reacción. Pero resultaba complicado sacar conclusiones teniendo a la tendera como testigo de lo que acababa de ocurrir. En realidad, no había sentido dolor. Había sido como un pequeño calambre parecido a los que producía la electricidad estática, solo que algo más fuerte.

—Debería dejarme pagar —insistió Annie, un poco asombrada.

—No necesito tu dinero, muchacha —dijo la mujer mientras le daba el cristal a Annie—. No todo el mundo ve lo que tú ves al mirar esa bola de cristal.

—¿Bola de cristal?

—Sí, me refiero a una piedra de adivinación, a una bola de cristal.

Annie sonrió.

—¿Entonces qué es lo que ve usted? —preguntó Annie poniendo a prueba a la mujer.

La anciana ladeó la cabeza mientras se pensaba la respuesta y un instante después dijo:

—Verdades, mentiras y el destino de los hombres.

Annie levantó ambas cejas y le dedicó una media sonrisa a la mujer.

—Así que todo eso, ¿eh?

La tendera sonrió con complicidad. Se debió de dar cuenta de que Annie desconfiaba de sus palabras pues añadió:

—Llévatelo y descubre tú misma el significado, muchacha. Si no lo quieres, puedes devolverlo antes de la primera luna nueva.

Los labios de Annie se transformaron en una sonrisa involuntaria, pero afortunadamente no se echó a reír con la jerga gitana que había utilizado la mujer.

—Bien, de acuerdo... me encantaría poder examinarlo más detenidamente, pero solo voy a estar aquí un par de semanas —dijo sintiendo demasiada curiosidad como para rechazar la oferta, pero consciente de que se sentiría mal si se lo quedaba—. ¿Tiene alguna tarjeta? Puedo enviárselo por correo cuando termine de examinarlo.

—Si de verdad lo deseas, la Piedra del Invierno vendrá por sí misma.

La mujer permanecía seria. En su ajado rostro no había rastro alguno de sonrisa. Annie dibujó en su mente la ridícula imagen del cristal con unos pies regresando por sí mismo a la tienda. A pesar de todo, emocionada por la posibilidad de estudiar el cristal más de cerca, se sintió tentada. Aunque por extraña que pudiera parecer la situación, era muy poco probable que se resistiese a la tentación de llevárselo. No obstante, la científica que había en su interior no estaba muy contenta con aquella la decisión.

—De acuerdo, —accedió a la oferta—, pero déjeme comprar uno de los ponchos de tartán. ¿Cuánto decía que costaban?

—Cuarenta y nueve con noventa y nueve, pero hoy están en oferta. Así que te lo dejo por veintinueve.

—¿Libras?

—¡Sí, por supuesto! —confirmó la anciana, y se apresuró para quitar el poncho que había en el maniquí de la ventana—. Aquí tienes, muchacha. Esto te va a venir muy bien —dijo mientras Annie pagaba.

Fue entonces cuando, por fin, escuchó el ruido de una moto fuera de la tienda y la escandalosa voz de su prima. Así que le dio las gracias por todo a la tendera y salió corriendo al exterior.

Su prima seguía montada en la moto. Su falda negra dejaba tan poco a la imaginación que Annie, por un momento, sintió vergüenza de tener que ir con ella en el asiento trasero. «Por lo menos tengo el poncho», pensó.

Iba vestida toda de negro. Desde las botas brillantes de tacón hasta las uñas negras y el pintalabios morado, Kate llamaba la atención de todos los hombres que había alrededor.

—¡Date prisa! —le urgió su prima—. ¡No tenemos mucho tiempo!

—Mira esto —Annie le entregó el cristal mientras se ponía el poncho.

Kate arrancó la moto con una mano mientras examinaba el cristal.

—¿Qué tiene de especial? —preguntó.

—Cambia de color —contestó Annie.

En las manos de su prima, el cristal se tornaba rosa, pero Kate no parecía darse cuenta.

—Estás tonta —exclamó devolviéndoselo a Annie—. Sube el trasero a la moto. Tengo una cita. —dijo radiante—. Esta vez sí que es amor verdadero.

—¡Todo el mundo es amor verdadero para ti! —contestó Annie.

Kate le reprendió con la mirada.

—¡No serías capaz de reconocer el amor aunque lo tuvieras delante de tus narices, Annie!

Annie le frunció el ceño.

—De todas formas, pensé que tenías que volver al trabajo.

Kate le guiñó un ojo.

—¿Por qué te crees que conseguí este curro, querida? Estoy haciendo méritos.

Annie se echó reír, cogió el cristal que le entregó su prima y lo metió en su bolso. Se subió a la parte trasera de la moto y antes de que pudiera colocar la mochila y agarrar a su prima de la cintura, Kate arrancó la moto y salieron.

La larga coleta de Annie ondeaba al viento, y los mechones de pelo chocaban contra su cara. Dejaron atrás las casas a toda prisa a medida que se apresuraban a salir del pueblo, alejándose cada vez más de los sonidos del festival. Kate giró por Ruthven y en algún punto de esa calle volvió a girar para entrar en otra calle estrecha. Unos cuarenta y cinco minutos más tarde, después de casi tener tres accidentes, Annie le insistió a Kate en que la dejara cerca del último aparcamiento que habían pasado. Había solo dos coches allí. Con suerte, no se encontraría con ningún excursionista. Se bajó de la moto deseosa de poner fin al salvaje trayecto con Kate.

—¿Seguro que vas a estar bien? —preguntó Kate.

—Perfectamente —insistió Annie.

—Vale, pero si esperaras a mañana podría ir contigo.

Annie, obstinada, negó con la cabeza.

—No puedes seguir mi ritmo —respondió.

—Te recuerdo que esto no es como escalar los Alpes. Tengo botas —dijo Kate. Sus labios se transformaron en una sonrisa mientras levantaba una pierna para enseñar sus brillantes botas negras con sus mortíferos tacones.

No era de extrañar que hubieran estado a punto de besar el suelo. ¿Cómo podía alguien conducir una moto con eso? Annie se echó a reír.

—Genial, los podemos usar como ganchos de escalada —sugirió.

—¡Maldita sea! Eres testaruda, ¿eh? —protestó Kate mientras reía—. De todas formas, no vas a escalar una montaña precisamente. Es una jornada de apacible paseo, como mucho.

Annie levantó una ceja.

—Si haces el recorrido entero son treinta con nueve kilómetros.

—Sí, pero tú no lo vas a hacer —rebatió Kate.

—Bien. Te tomo la palabra, vamos mañana, pero hoy también voy.

—Bueno, vale. Nos vemos aquí a las seis. Pon en hora tu reloj —insistió Kate.

Annie no llevaba reloj. Al parecer su prima no se había percatado, pero igualmente respondió asintiendo. Tenía en mente volver mucho antes de que Kate, alias la tardía, apareciera.

Al coger su enorme bolso de la moto, advirtió con horror que la hebilla de la correa se había enganchado al jersey de ganchillo de Kate. Por suerte se soltó antes de que pudiera rasgar el delicado jersey.

—No te preocupes —insistió Kate—. Si tengo suerte, esto es lo mismo que va a pasar cuando esté con Russell. —Annie volvió a reír y Kate sonrió—. Mañana te arreglamos y te ponemos guapa, cariño. Ya va siendo hora de que dejes de ser una estrecha y vivas un poquito.

Annie se echó la mochila al hombro.

—No he venido aquí para eso —respondió—. No necesito un hombre en mi vida, ni ropa nueva, ni un peinado nuevo, pero gracias de todas formas, Kate. Sé que tus intenciones son buenas.

—Sí, sí que lo necesitas —perseveró Kate—. Tú estate de vuelta a las seis, ¿vale? —repitió mientras se marchaba dejando a Annie con la palabra en la boca.

Por lo visto, su prima había decidido que estaba devastada después de su ruptura con Paul. Pero lo cierto es que Annie estaba bien, mucho más que bien. De hecho, estaba haciendo justo lo que ella quería.

Se quedó mirando a su prima que, a punto de caer de la moto, se salvó dando un giro y se alejó a toda prisa, dejando a Annie cubierta de polvo. Literalmente. Annie escupía polvo, y tuvo que cerrar los ojos para que no le entrara en ellos. Kate estaba algo loca, en el buen sentido. Sin embargo, Annie se quedó pensando en lo diferentes que eran, mientras los rizos brillantes de su prima desaparecían al doblar la esquina. En el momento en el que se quedó sola, Annie tomó una bocanada de aire fresco y notó cómo desaparecía la tensión. Y justo después se puso en marcha, deseando empezar.

A aquella hora del día, el sol ya había despejado gran parte de la niebla mañanera. Las colinas parecían cuentas de un collar de perlas de color esmeralda. La mayoría de excursionistas solían ir por el sendero de Lairig Ghru, pero como Kate había dicho antes, aquel no era el trayecto completo. Annie solo necesitaba tener una buena vista de la zona desde un lugar elevado, así que se dirigió hacia la ruta del oeste. El viento era suave y hacía sol. Un día perfecto para hacer senderismo. Aun así, agradeció tener el poncho, porque hacía algo de fresco.

«¿Qué es lo que veo?»

«Verdades, mentiras y el destino de los hombres.»

«Sandeces», pensó Annie. Aun así, se moría por sacar el cristal de su bolso para volver a examinarlo. No obstante, aún tenía mucho camino por delante como para detenerse y perderse en la contemplación de una roca. Sin embargo, podía sentir su presencia, como una especie de fuente de energía que emanase de las profundidades de su mochila.

Decidida a olvidar el asunto por el momento, se ajustó la mochila a la espalda, congratulándose por haberla comprado a un precio tan económico. Puede que marcas como Coach o Louis Vuitton no la entusiasmaran, pero adoraba su nueva mochila. Y si había algo que la apasionaba era un buen equipo.

Calculó que disponía de unas seis o siete horas antes de volver al punto de encuentro. Abandonó la carretera y comenzó a ascender por sendas en su mayoría llenas de baches. El paso estaba despejado durante la mayor parte del camino, pero más arriba, el terreno era más pedregoso, y era un poco más difícil de atravesar, especialmente durante el invierno, momento en que toda la senda quedaba aislada por la nieve. La última vez que había hecho senderismo con Paul, habían tomado el camino de Lairig Ghru directamente a través de Speyside hasta Deeside. En esta ocasión, se disponía a guiarse por su intuición. Como le había dicho a Kate, ya habría tiempo de cubrir todo el terreno necesario durante las siguientes semanas, con un poco más de planificación y una vez que todo el equipo llegase desde donde quiera que la compañía aérea lo hubiese perdido.

Normalmente, estaba preparada para todo, pero por primera vez en su vida, se sentía bien improvisando sobre la marcha. Tenía un teléfono de emergencia, un sándwich, su cuaderno de notas, la cámara e incluso su Farbgel, la alternativa escocesa al aerosol de pimienta, solo por si acaso y debido a la insistencia de Kate, por supuesto. Pero no estaba preocupada. Conocía de sobra la zona y no era la primera vez que salía. De hecho, se sentía como si hubiese nacido en aquellas colinas. En aquel instante, tener compañía solo la habría retrasado. Además, realmente no deseaba contarle a nadie en qué andaba metida. Aún no.

Tan solo su padre la habría entendido.

Se sentía emocionada. De todas las teorías con señuelo, aquella era la única que nadie había estudiado en profundidad, probablemente debido en parte a que la piedra ya se encontraba en casa tras haber sido devuelta a Escocia en 1996. El informe de Kingussie había aparecido más o menos en la misma época en que la piedra había sido devuelta al país. Al parecer, una anciana en su lecho de muerte afirmó que sus hermanos se habían topado con una cueva mientras jugaban por las colinas cuando eran niños, y habían descubierto una piedra cuya descripción se asemejaba mucho a la Piedra del Destino. Desgraciadamente, sus hermanos también habían muerto, uno durante la Segunda Guerra Mundial y el otro al romperse el cráneo al caerse de una escalera en su ferretería a la edad de sesenta y dos años. Ninguno de ellos podía corroborar la historia de la mujer, pero no importaba. Annie solo necesitaba algo más sólido a lo que aferrarse para solicitar un permiso oficial, algo como una cueva largo tiempo sepultada quizás. Por eso se dirigía al «Pene del Demonio», para encontrar esa prueba. Después de todo, no necesitaba un permiso especial para escalar aquellas cumbres ni investigar de forma no oficial. Y si había alguna cueva inexplorada en la zona, estaba decidida a encontrarla.

Cuando llevaba una hora de camino aproximadamente, se detuvo en un riachuelo y se felicitó a sí misma por haber llevado puestas las botas de senderismo en el avión. A pesar de lo que Kate dijera, recorrer los Cairngorms no era para cobardes, incluso ciñéndose a caminos muy trillados. Cruzando el riachuelo por la pasarela, se dirigió al oeste hasta la cumbre de *Bod an Deamhain* y la saludó en la distancia como si fuese una vieja amiga. La montaña Munro se inclinaba a un lado y se asemejaba bastante más al pecho de una mujer que al pene de un demonio, pero lo cierto es que contemplarla otorgaba a Annie una incomparable sensación de satisfacción, a pesar de traerle recuerdos agridulces de otras excursiones con sus padres.

Aunque la mayoría de los padres no hubiesen arrastrado a sus hijos de ocho años a una ruta de senderismo a través de algunos de los senderos más inexplorados de Escocia, su padre ni se lo había pensado y mucho menos su madre. Lo cual no era de extrañar teniendo en cuenta que su padre había escalado algunas de las cumbres más difíciles de la tierra y su madre había conocido al amor de su vida viajando en el Transiberiano. Sus padres no habían conocido el miedo, y habían fomentado esa misma actitud en Annie. El simple hecho de que saltasen juntos desde un avión, surcasen el Pacífico durante seis meses en un velero o visitaran al

Dalai Lama dos veces, hizo que sus muertes tuvieran aún menos sentido. Atropellados por un conductor borracho a tres manzanas de casa de su abuela, a la que se dirigían para recogerla a ella, ni más ni menos.

Pero al igual que hacía con sus obsesiones, Annie asumía su sentido de la aventura con honestidad. Suponía que por eso a Paul se le había hecho tan cuesta arriba la relación. Había dicho que era testaruda, obstinada y demasiado independiente. ¿Qué significaba eso de ser demasiado independiente? ¿Y cómo demonios se suponía que eso le daba derecho a tirarse a su mejor amiga? ¡Menudo tópico! Ni siquiera había tenido la decencia de esmerarse en ser al menos un poco original. Pero lo peor era que tras el incidente, Annie había constatado que no tenía muchas amistades de verdad. Su vida había estado demasiado centrada en su trabajo y, si le concedían aquella nueva excavación, las cosas no iban a cambiar mucho. Pero no le importaba. Mudarse a Escocia parecía un cambio positivo. Además, pasar más tiempo con Kate también sería buena idea.

Por el momento, el camino la estaba ayudando a despejar la cabeza y sentirse mejor. De hecho, cuando salió del conjunto de árboles de la base de los circos, ya se sentía una mujer nueva. Ante ella el despliegue de tonos púrpura parecía atraerla inexorablemente. A ambos lados del trillado sendero, se extendían sendos mantos de campanillas meciéndose suavemente al ritmo del viento estival.

Más arriba, la ladera de la colina cedía mullida al peso de sus botas. Aquellas no eran como las típicas montañas más semejantes a mesetas elevadas. El nombre, Cairngorms, era poco apropiado. Se trataba de una traducción del gaélico y significaba «túmulo azul». A pesar de su composición, en su mayoría de granito, las colinas tenían un brillo rojizo bajo el sol del atardecer, algo parecido a la Piedra de Invierno. Por eso los antiguos las llamaron colinas rojas, en gaélico, *Am Monadh Ruadh*.

Se detuvo en medio del campo en flor y se tomó un respiro

para mirar alrededor. Desde allí, podía observar el pinar por el que había subido. Resultaba desolador pensar que aquello era lo único que quedaba de aquellos bosques. Al escuchar el rugido de su estómago escogió un lugar cercano a un túmulo en ruinas, se quitó su mochila estanca y se sentó en la mullida tierra descansando la espalda sobre un gran peñasco.

Debía llevar unas dos horas caminando y no se había acercado siquiera a su objetivo. Sacó el teléfono de su bolsa para comprobar la hora. Las 14:15. De acuerdo, tres horas, quizás algo más. Se le había ido el santo al cielo. En aquel momento, tendría que esforzarse para volver al punto de encuentro a las seis, por lo que decidió escribir un mensaje a Kate para informarla de su hora estimada de llegada. Sacó su sándwich de la mochila junto con la Piedra de Invierno y se sintió complacida sabiéndose al fin a solas con su nuevo tesoro.

Cuando tocó el cristal, las estrías se volvieron verdes.

«¡Curiorífico y curiorífico! » pensó citando a Alicia en el país de las maravillas.

Estudiándola mientras terminaba su sándwich, tomó un sorbo de agua de su cantimplora, y guardó todo excepto el cristal para echar un vistazo de nuevo a su trofeo.

CAPÍTULO 2
CAIRNGORMS. AÑO 878.

Callum colocó otra piedra sobre el túmulo funerario donde estaba enterrado su padre. El circo montañoso estaba repleto de ellos. Algunos decían que la propia Cailleach Bheur los había colocado allí, pero no eran más que cuentos de hadas, como los que solía contar Kenneth MacAilpín. Y aunque que los túmulos eran inofensivos, las mentiras de Kenneth no lo eran.

Estaba enfadado con su padre por morir y dejarle solo en un momento en el que había decisiones que tomar que no le correspondían a él.

Los hijos de MacAilpín eran unos canallas traicioneros y asesinos, pero ese no era el problema de Callum. Él había acompañado a su padre por aquellas colinas, porque era su deber como hijo. Sin embargo, su padre yacía frío, sepultado bajo tierra, mientras su tío comenzaba la campaña para regresar a Scone con la piedra.

Al parecer, la lealtad era un valor que estaba a punto de desaparecer por completo.

A pesar de todo, Callum no podía culpar a su tío Brude. Lo cierto era que él también tenía dudas, sobre todo si la verdad salía a la luz. Sudando por el calor del sol vespertino, terminó de colocar la última piedra sobre la tumba de su padre. Se levantó y con los brazos en jarra observó su trabajo. Había rechazado la ayuda de los otros miembros del clan. Aquella era una tarea que tenía que realizar él solo. En parte porque sospechaba que había un traidor entre ellos, aunque tampoco quería que nadie presenciase su duelo, pues era un sentimiento terrible que le carcomía las entrañas.

Su padre era el último de su linaje. Su madre había fallecido y sus hermanos también, pues ambos habían caído en el golpe de estado del rey Giric, y ahora su padre también se había ido. No tenía a nadie por quien regresar a Scone y a nadie por quien quedarse. ¡Por los pecados de los Sluag! Si un hombre debe luchar por su familia, ¿por quién demonios estaba luchando él? Aquella situación le agriaba el carácter.

Incluso en aquel mismo instante, sus parientes estaban en el valle discutiendo qué hacer con la Piedra del Destino. La mitad de su clan quería devolver la piedra a Scone. A la otra mitad les atraía más la idea de que nunca volviera a ver la luz del día. Brude, deseoso de devolverla, era el que más se pronunciaba al respecto, lo cual fue una sorpresa porque al igual que Callum, su tío nunca había tenido la intención asumir aquella responsabilidad. No obstante, por lo que a él respectaba podían hacer lo que quisieran con la piedra: romperla en pedazos, devolverla o dejarla en medio de la montaña. Esa cosa estaba maldita de todas formas.

Pero su padre habría dicho que ellos ya lo sabían. Para empezar, por eso la robaron dejando una réplica exacta en su lugar, para dejarles que coronasen a sus reyes con ese trozo de piedra y quizás así hacer nacer ríos de sangre.

Lleno de indignación, se alejó del túmulo. Ya lo había acabado, pero aún no podía creer que el cuerpo de su padre yaciera debajo de esas pesadas rocas. Sus huesos se quedarían en aquel lugar para siempre, olvidados bajo la bruma de *Am Monadh Ruadh*.

Pero, ¿dónde se encontraba Callum exactamente?

Exceptuando a los hombres que habían seguido a su padre, los demás se encontraban dispersos a los cuatro vientos. El Reino de Alba ya no existía, y él era un hombre sin hogar.

Con un gruñido de desaprobación comenzó descender la colina, luchando contra su conciencia y su mal humor. Fue entonces cuando la vio.

ANNIE BOSTEZÓ MIENTRAS SE ESTIRABA, PENSANDO QUE SE DEBÍA de haber quedado dormida con el cristal en la mano. Lo alzó a la altura de sus ojos, aún somnolientos. Apenas tenía color. ¡Qué piedra tan extraña y a la vez tan fascinante!

Tras comerse el sándwich, se había quedado tan abstraída mirándola, observando cómo cambiaba de color e intentando descifrar cómo funcionaba, que se había debido de quedar dormida. No recordaba haberse sentido cansada, pero suponía que el sueño le había sobrevenido de repente a consecuencia de tener el estómago lleno, porque sentía como si hubiera estado dormida cientos de años o más. Pensó que el viaje en avión le había cansado más de lo que creía, porque la caminata no había sido tan extenuante. Se enderezó y sacudió la cabeza para despejarse.

Pero, ¿qué hora sería?

Instintivamente buscó su mochila para coger el teléfono y volver a escribir a Kate, pero la mochila no estaba por ninguna parte. Gritó alarmada, se levantó de un salto y, mirando alrededor, un movimiento cercano captó su atención.

Allí se encontraba un hombre medio desnudo recolocando las piedras del túmulo por el que ella había pasado cuando subía. Sin duda, él había tenido que coger la mochila, porque, a diferencia de la Piedra del Invierno, las mochilas no podían levantarse y caminar solas. Apretó el cristal en el puño, lo suficientemente enfadada como para querer golpearle en la cabeza con él. Por ello decidió respirar hondo varias veces con el fin de calmarse antes de dirigirse donde estaba el hombre. Necesitaba al menos su teléfono para poder avisar a Kate de que no iba a llegar a la hora acordada.

Y también su cámara. Se había gastado medio sueldo en aquel maldito trasto y no estaba dispuesta a dejar que un hombre medio desnudo se la quedara.

Por supuesto, también quería su bolígrafo especial, el que la había acompañado a todas partes desde que supo que iba a ir a la Universidad de Michigan, alma mater de su padre.

Y quizás también su goma de pelo. Se había soltado el pelo, pero empezaba a molestarla.

Y, por supuesto, su mapa. Estaba bastante segura de que si andaba lo suficiente podría encontrar el paso de Lairig Ghru para poder regresar, pero prefería orientarse desde el principio y no andar a lo loco.

¡Maldita sea! Quería su bolsa de vuelta, con todas sus pertenencias. No es que la mochila fuera cara, pero era perfecta. Le había llevado bastante tiempo encontrar una tan adecuada, y no tenía la intención de renunciar a ella tan fácilmente. Si él no se la devolvía, se prometió golpearle con la maravillosa piedra que había adquirido. La apretó aún más fuerte en el puño, lista para pelear.

Sin embargo, cuanto más se acercaba al túmulo más desorientada se sentía, como si no estuviera en el mismo sitio donde se había sentado para comer su sándwich. Titubeó mientras miraba a su alrededor.

¿Dónde estaba? Todas las montañas estaban exactamente donde debían de estar, pero algo no encajaba. Los árboles estaban mucho más cerca que antes, como si se hubieran arrastrado montaña arriba cuando no miraba.

Se giró para mirar al hombre que estaba entretenido en modificar el túmulo. Tal y como iba vestido, estaba claro que no podía llevar la mochila escondida, pero sí que podía haberla enterrado debajo de las piedras. ¿Es que acaso no sabía que aquellos monumentos funerarios tenían un valor histórico? ¡Estaba cambiando la historia! Gracias a lo que estaba haciendo, incluso para un experto en el tema, se estaba volviendo casi imposible reconocer la construcción.

«Hijo de puta en pelotas», pensó.

—¿Qué crees que estás haciendo? —preguntó ella cuando él se giró de repente para mirarla.

Por un momento, él pareció desconcertado al verla allí, pero en seguida se recuperó y la miró con los ojos entrecerrados.

—Enterrar a mi padre —replicó con un tono amargo—. No es que sea de tu maldita incumbencia, muchacha. ¿De dónde vienes?

Annie se giró para examinar el entorno, tan perpleja por la pregunta como lo estaba él por su presencia.

Era incuestionable, lo que divisaba en la distancia era Bod an Deamhain. Allí estaba. Pensó que quizás se encontraba a medio camino de Cairn Toul, pero no podía estar segura porque todo era distinto.

Se volvió otra vez para mirar al escocés medio desnudo. Su ropa no estaba del todo confeccionada. De hecho, vestía una especie de manta. Llevaba las piernas al descubierto a excepción de unas toscas sandalias de tiras de cuero que ascendían hasta sus gemelos. Su torso también estaba desnudo y el pedazo de manta le envolvía la cintura de manera rudimentaria, como una triste imitación de una falda escocesa.

Él la examinó a su vez, desde sus viejas y prácticas botas, la falda de su prima y el poncho, claramente no muy impresionado por lo que veía. Annie intentó no sentirse ofendida con su expresión amarga. De acuerdo, a ella no le quedaba tan bien la falda como a Kate, pero nunca antes la habían mirado de esa forma, como si fuese una célula mutada bajo el microscopio.

—Si eres una espía de la corona —anunció— ¡ya puedes ir regresando a Scone! Mi gente no tiene nada en contra, pero ya no tenemos interés en aliarnos con los hijos de MacAilpín.

Annie parpadeó. Comprendió lo suficiente como para saber que aquel hombre estaba chiflado. Un chiflado apuesto, pero un chiflado nada menos. Pero obviamente, el atractivo físico no inmunizaba a nadie contra la locura. Por un momento, se preguntó si se habría escapado del St. Vincent. Por lo que ella sabía, aquel sanatorio trataba sobre todo a pacientes con problemas psiquiátricos. Se giró otra vez para mirar alrededor, mientras constataba que no era posible recorrer tanta distancia a pie.

—Verás... estaba buscando mi mochila —dijo Annie dejando a un lado su ira—. Por casualidad no la habrás visto, ¿no?

—¿Mochila?

La muchacha asintió.

—Es azul, impermeable, marca Sea to Summit, ya sabes, la que lleva una cumbre reflejada en un lago. Probablemente te parezca excesivo, pero es la mejor que he tenido nunca. La quiero de vuelta.

Callum no estaba del todo seguro, pero parecía que le estaba acusando de haber robado su bolsa.

—Yo no la tengo, ni siquiera la he visto. No tengo la menor idea de lo que estás hablando. —Callum intentó no mirar sus piernas desnudas. Lo único que impedía su trasero quedase al descubierto era el sencillo manto que llevaba sobre la cabeza. Aunque no veía ningún desgarro en la ropa, pensó que quizá eran prendas rasgadas y desgastadas—. ¿Qué clase de ropa llevas puesta, muchacha? ¿Acaso te han asaltado?

Un golpe de viento que hizo ondear la reluciente melena azabache de Annie, sacudió la extraña prenda de tartán que llevaba metida por la cabeza y dejó al descubierto la diminuta, pero bien cosida falda que llevaba debajo, y que apenas escondía sus partes íntimas.

—No es que sea asunto tuyo —respondió ella—, pero es el tartán de mi familia.

Él se rascó la cabeza.

—¡Bah! Muchacha. Odio tener que decirte esto, pero si esa

tela no es lo suficientemente grande ni para ti sola, mucho menos para tu familia entera.

Si realmente aquel tartán pertenecía a su pobre familia, iban a pasar un invierno tremendamente frío. Por un momento, Callum sintió lástima de la muchacha.

Ella tuvo la osadía de mirarle como si fuera él quien estuviera loco. Ella, que hablaba de una bolsa que tenía dentro una cumbre reflejada en un lago con Dios sabe qué demonio de marca. Annie frunció el ceño y le miró con ojos desafiantes. De pronto, se sintió incapaz de hablar, su boca se quedó abierta como si quisiera decir algo pero no encontrara las palabras.

Callum se puso la mano en la cadera.

—Entonces, ¿quieres que me crea que simplemente deambulabas por aquí, buscando una maldita bolsa azul?

Ella consiguió hablar otra vez y lo hizo con tantas agallas como ninguna mujer que él se hubiera encontrado nunca.

—¡Sí! Mi móvil está dentro y lo quiero de vuelta. ¡Ya!

—¿Móvil? ¿Qué es lo que se mueve? ¿De qué clase de brujería hablas, muchacha?

—¿De qué demonios hablas? —explotó ella. Sus mejillas se tornaron rosas en perfecta armonía con su pelo oscuro y brillante. No parecía una holgazana, al menos él no lo creía porque su piel estaba ligeramente bronceada.

Callum hizo una mueca.

—Eres una muchacha astuta. No he visto ninguna bolsa por aquí y, de todas formas, no te creo. No eres del clan y no me creo que simplemente hayas venido de paseo por la montaña con algo moviéndose en tu bolsa. —Acercó su mano a la empuñadura de la daga que llevaba en el cinturón—. Confiesa antes de que te mate, ¿dónde están los asesinos y ladrones de tu clan?

La mujer retrocedió alarmada. Entonces reparó en la pequeña bola de cristal que llevaba en la mano. La tenía agarrada de tal forma, que parecía que fuera a golpearle con ella. Cada vez que el viento levantaba su tartán, Callum volvía a mirar su falda diminuta. Sus piernas eran largas, delgadas y bonitas. ¡Por la piedra sagrada! En aquel momento ella podría golpearle con el maldito cristal, y no le importaba lo más mínimo. Quizás si conseguía darle un buen golpe, el impacto de devolvería la lucidez que necesitaba para saber qué hacer con los quejicas de su clan y con aquella piedra maldita.

—¡No soy una ladrona! —rebatió furiosa—. Pero siempre se ha dicho: «Piensa el ladrón que todos son de su condición»

Callum se rascó la cabeza y, libre de la distracción sus piernas, preguntó:

—Así que lo confiesas, ¿no?

Annie se mostró desconcertada con la pregunta.

—¿Qué? No estoy confesando nada. —La mujer puso los brazos en jarra mostrando una expresión tan desafiante como las nubes que se movían en el cielo. El viento sopló con fuerza otra vez y levantó el dobladillo de su insignificante falda. Callum parpadeó al ver sus braguitas rojas. Pensó que vestía prendas realmente extrañas, pero más extraña era su forma de hablar. Ella pasó junto a él. Su pelo oscuro se agitaba con furia sobre su espalda al aproximarse a la tumba, que él había construido con esfuerzo—. Tú eres el ladrón —le acusó abiertamente y, de pronto, comenzó a desenterrar a su padre echando por tierra todo su esfuerzo.

—¡Oye! ¡No lo hagas! —Cualquier otro día Callum podría haber tenido paciencia, pero no hoy—. ¡Maldita sea, muchacha!

No estaba de humor. El tiempo en aquel lugar era tan voluble como una ramera en un cuarto repleto de hombre ricos, y él no estaba dispuesto a dejar que ella destruyera lo que había construido, ni tampoco a quedarse discutiendo mientras se calaban hasta los huesos por la lluvia. Aquel era el clima más voluble que había conocido, casi tanto como el carácter de una mujer. Como ella no respondía, la levantó, la cargó sobre su hombro y comenzó a descender de la montaña.

Annie chilló para protestar.

—¡Bájame!

—No —respondió él con tranquilidad.

—¡Eh! —Annie le golpeó en la espalda—. ¡No puedes cargarme como un salvaje!

Él no respondió y se limitó a seguir descendiendo por la colina y, a medida que se alejaban, el túmulo se veía cada vez más pequeño. Por encima de ellos, el cielo estaba cada vez más oscuro y las nubes se arremolinaban en el pico *Bod an Deamhain*. La sábana que llevaba el hombre se levantó con el viento y recompensó a Annie con un vistazo completo de sus nalgas. Era un culo bonito y musculoso, pero aquel dato resultaba irrelevante.

—¡Eh! —gritó otra vez—. Estamos en el año dos mil catorce, ¡no puedes llevar a una mujer de esta manera!

Él seguía sin responder y continuó bajando por la colina sin decir una palabra. Annie, al recordar el cristal que llevaba en su mano, le volvió a golpear en la espalda, tan fuerte como pudo.

Él gruñó como un oso y la arrojó al suelo tan fuerte que se quedó sin aire en los pulmones del golpe y soltó el cristal.

CAPÍTULO 3

El primer instinto de Callum fue el de arrojar a la chica, pero en seguida se arrepintió. Estaba desplomada delante suyo como si fuera una flor a la que hubieran pisoteado. Él nunca había abusado de ninguna mujer. Lo cierto era que no había ninguna mujer en todo su clan que hubiera dejado que la cargaran como un saco de patatas, pero ella le había molestado con su forma de hablar tan extraña y con sus ridículas acusaciones.

La miró.

Tenía la falda levantada y se le veían las diminutas calzas rojas, tan pequeñas, que no llegaban a cubrirle las nalgas. De hecho, desaparecían entre ellas quedando a la vista solamente un hilo, y él se preguntó si la chica era tan pobre que no se podría permitir comprar más tela. Su túnica inmaculada se llenó de manchas de hierba y su melena quedó enmarañada entre el manto inservible, que le cubría la cara. Sus botas, fabricadas de una manera peculiar, habían conocido tiempos mejores.

Recogió el cristal que había llegado rodando hasta sus pies y, antes de que ella recuperara el sentido, la levantó también.

—No quiero hacerte daño, muchacha, pero vas a responder ante los míos. —Ella gruñó como protesta mientras él la volvía a cargar sobre su hombro. Pero la advirtió—. No vuelvas a hacer eso. Me han dicho que tengo la cabeza tan dura como las piedras de estas colinas, y te garantizo que lo único que vas a conseguir es enfadarme.

Tras un confuso instante, Annie recuperó la compostura.

—¿Que yo te enfado? —preguntó—. ¡Eres tú el que me ha robado la mochila, has destrozado una propiedad pública y me cargas como un neandertal!

—Ya te lo he dicho. No he visto tu maldita bolsa, ¡mujer! Y no te entiendo cuando hablas. ¿En qué idioma hablas?

—¿Yo? —gritó ella.

—¡Sí, tú! No entiendo nada de lo que dices.

—¿No reconoces tu idioma cuando lo escuchas?

—¡Mi idioma! ¡Eso no es mi idioma! ¿No serás... inglesa?

Sin previo aviso, la volvió a tirar al suelo. Afortunadamente, la colina era blanda y esponjosa, y amortiguó su caída, impidiendo que se rompiera algún hueso. Además, consiguió esquivar numerosas rocas apiladas de tal forma que, de haber caído sobre ellas, a buen seguro habría sufrido de lo lindo

—¡Maldita inglesa! —exclamó él—. Tendría que haberlo sabido. Eso explica tu estupidez, muchacha. ¿Qué estás haciendo en esta zona?

El impacto dejó a Annie sin aliento. Gimió y se giró sobre su espalda. En aquel momento, a ella no le importaba que se le vieran las piernas y que su falda se agitara con el viento. El cielo había vuelto a cambiar. Lo cierto era que si no te gustaba el clima de Escocia solo tenías que esperar cinco minutos.

—Para empezar —dijo cuando recuperó el aliento y pudo volver a hablar—, no soy inglesa, ¿es que nunca has visto una americana? —De pronto, su expresión pasó de la ira a la confusión. Cuando le pareció que ya no iba a lanzarse a cogerla de nuevo, ella se sentó e intentó explicarse—. Mi padre era escocés. Mi madre, americana. Los dos están muertos.

—¿Por qué me cuentas esto? ¡Ni si quiera te conozco! —respondió él.

Su mirada se suavizó ante la revelación de ella, pero su actitud seguía siendo amenazadora.

El viento sopló con fuerza a su alrededor y él se sacudió la manta que vestía a modo de tartán, como si fuera una bandera desgastada. Annie se lamentó y, de pronto, tuvo un extraño presentimiento, como si no se encontrara en la realidad. Le examinó con detenimiento, quizás por primera vez. Llevaba el largo cabello azabache recogido en sendas trenzas, probablemente para impedir que le cubriese la cara. Era evidente que su elección del peinado no obedecía a motivos estéticos. Sus ojos tenían el color del acero, pero se mostraban tan confusos como la mente de Annie.

Por extraño que pudiera parecer, a pesar de haberla arrojado al suelo dos veces, no tenía la sensación de que le fuera a hacer daño de verdad.

Volvió a mirar alrededor y se percató de las sutiles diferencias en el paisaje. El túmulo que se veía en la distancia estaba recién construido, no se veía desgastado por el tiempo. La hierba no era tan verde como parecía cuando se había sentado a comer su sándwich. Ya no había campanillas.

Era el mismo lugar.

Pero no la misma época.

¿Cómo era posible?

Se giró hacia su amigo bárbaro. Aunque sabía que era imposible, él parecía ser la clave. Y no, no estaba loco. No había ni una pizca de locura en sus ojos. De hecho, tenía la mirada más sensata que había visto en su vida. Él la observaba atento y en silencio con los brazos en jarra y los ojos entornados, esperando a que ella continuase.

«Oh Dios... no puede ser... no... no...», pensó ella

Le dio un vuelco el corazón y se le ocurrió ponerle a prueba. Ella amaba los idiomas, y el escocés antiguo era su fuerte.

—*Cò às an do tharraing thusa?* —le espetó. ¿De dónde vienes?

Sus oscuras cejas se elevaron en un gesto de sorpresa, pero respondió:

—*Sgàin. A bheil gàidhlig agaibh?* Scone. ¿Hablas la lengua antigua?

«No es posible, no es posible.», se repitió Annie en su cabeza. Aún seguía viviendo gente por esta zona que conociera el gaélico, además, era una lengua que todavía seguía en uso. No significaba nada, pero aun así respondió:

—*Tha, rud beag.* Sí, un poco.

—*Cò stiùir thu an seo?* ¿Quién te ha enviado?

—*Chan eil. An tòir airClach na Cinneamhain.* Nadie. Estoy buscando la Piedra del Destino.

De repente, él perdió los nervios.

—*Mac Bhàdhair fhuileach thu!* ¡Hijo de una vaca malparida! —Con los brazos elevados, avanzó hacia ella con una mirada asesina en los ojos.

—¡Oh Dios! —exclamó Annie, gateando hacia atrás en la hierba. En ese aterrador momento, se dio cuenta de dos cosas. La primera, que aquel tipo estaba tremendamente enfadado. Y la segunda, que ya no se encontraba en Kansas, ni literal, ni figuradamente.

CAPÍTULO 4

Annie no sabía dónde estaba exactamente. El lago y los alrededores se parecían mucho a Loch Einich, pero si realmente estaban en aquel lugar, ninguno de los edificios que se podían observar quedaban en pie en su época.

Se sentó tambaleante y trató de averiguar cómo había llegado hasta allí. No hasta el valle, claro. Ella sabía exactamente cómo había ido hasta ese lugar: su amigo escocés en paños menores había sacado un cuchillo retorcido y la había obligado a descender de la colina a punta de cuchillo, soltando todo tipo de improperios a su espalda, o al menos eso le parecieron a ella. Su repertorio en escocés antiguo se quedaba corto en insultos, pero por el tono en el que hablaba no le hacía falta saber más.

No caminaron mucho. Su clan estaba acampado cerca de un lago, rodeado por construcciones sin finalizar, como si acabaran de llegar y estuvieran empezando a construir. O quizás se estaban preparando para marcharse después de arrasar aquel pobre pueblo. Después de todo, él había estado levantando un túmulo.

Aquel pensamiento la hizo estremecerse.

A pesar de que habían pasado años desde su última visita con Paul, conocía bastante bien la zona. En el presente no había ningún rastro de aquellas viviendas. En ninguna excavación se habían registrado pruebas de ello, al menos que ella supiera. Aun así, pensaba que debía encontrarse en Loch Einich a juzgar por la posición de las montañas que había alrededor.

Por imposible que pudiera parecer, ella se había quedado dormida, cual Rip Van Winkle, pero en vez de despertar cien años en el futuro, lo había hecho en un pasado remoto. Su cerebro intentó buscar una explicación lógica y coherente, pero no terminaba de aceptar sus sospechas. Sin embargo, cuanto más tiempo pasaba y más palabras escuchaba, más convencida estaba de que era cierto.

Ocho hombres y mujeres se reunieron alrededor de la hoguera, donde su amigo escocés la había dejado, pero había más en las proximidades. Los ocho eran bastante intimidantes, incluyendo a las dos mujeres. Iban vestidos con prendas que a Annie le parecieron propias de una batalla, con cuchillos escondidos en cada pliegue, así como en las botas. Parecían preparados no solo para degollarla a ella, sino también para matarse entre ellos. Presintió que no eran actores representando un papel. Era improbable que se hubiera topado con algún clan desaparecido que viviera en secreto en los Cairngorms. Aunque aquellas montañas parecieran salvajes, solían atraer a excursionistas durante todo el año. Todos los años solía pasar temporadas haciendo senderismo, hasta que se comprometió.

Era el crespúsculo. El sol se ponía sobre las colinas distantes. Era precioso, pero estaba empezando a refrescar. Ni siquiera el poncho que había comprado por la mañana la mantenía caliente.

¿De verdad hacía solo unas horas que lo había comprado?

La etiqueta seguía colgando de un extremo, pero, a esas alturas, casi había borrado la tinta con su toqueteo nervioso. La tendera estaba en lo cierto, aunque ahora, Annie se preguntaba por la extraña mirada que la mujer le había dirigido, parecía como si hubiera sabido lo que iba a pasar.

«Porque ella lo sabía», comprendió Annie.

Cuanto más pensaba en ello, más cierto le parecía. ¿Qué más le dijo la tendera?

«La Piedra del Invierno elige a su poseedor... y te ha elegido a ti.»

Es más, la piedra había mostrado cambios físicos al contacto con Annie.

«Magia de hada», había dicho la mujer cuando Annie sintió la sacudida al tocar el cristal.

¿Era posible?

Una vez tuvo un coche, concretamente un Jeep, que al tocarlo soltaba calambrazos. Ella solía bromear al respecto diciendo que el coche no la tenía en alta estima pero, por supuesto, era de metal. Lo que no tenía explicación era cómo podía haber experimentado aquella sacudida simplemente tocando una pequeña bola de cristal.

Pero... ¿magia?

Annie recordó que, estando en la tienda, había deseado con toda su alma poder ver aquel mismo lugar mil años antes. Bueno, pues allí estaba. La científica que había en ella estaba fascinada pero, de pronto, un pensamiento se le vino a la cabeza: ¿y si aquello era irreversible?

«Si no lo quieres, devuélvelo antes de la primera luna nueva», escuchó la voz de la anciana en su cabeza.

«¡Maldita sea!», como habría dicho Kate.

Seguramente, la tendera lo estaría celebrando. Desgraciadamente, en aquel instante se encontraba sentada con las muñecas atadas, intentado escuchar mientras discutían lo que iban a hacer con ella, algo en lo que no se ponían de acuerdo. Annie sintió que la tensión iba en aumento a medida que conversaban entre ellos. Callum, su amigo escocés medio desnudo, tenía su cristal.

El resto del clan también hablaba en escocés antiguo, pero su aspecto era más como ella habría imaginado que eran los pictos. Algunos llevaban la piel teñida de añil, entre los cuales también había mujeres. Justo entonces se dio cuenta de que Callum llevaba una cabeza de lobo tatuada con añil en su espalda. Callum parecía ser el líder, pero estaba claramente en desacuerdo con otro tipo, al que ella escuchó que llamaban Brude.

Brude era un hombre grande y detestable, con una barba larga que lucía en dos trenzas simétricas. Tenía la costumbre de descansar la mano debajo de la barbilla mientras escuchaba, agarrándose la sucia barba en un puño como si fuera la cuerda de una campana. Él también tenía un lobo pintado en su pecho.

Cada cierto tiempo, uno de los ocho le dirigía una mirada feroz a Annie. Por lo visto, se había encontrado con ellos en un momento muy inoportuno. El jefe del clan estaba muerto, probablemente había sido asesinado. No obstante, parecía como si estuviesen escondiendo algo. Algo importante. Algo que, al parecer, habían robado de Scone.

Annie parpadeó en cuanto se le vino a la cabeza otro pensamiento inimaginable.

«¿Era posible?», se preguntó.

«¡No!»

Sin embargo, en la colina, él la había arrojado como un tronco cuando ella mencionó la Piedra del Destino. ¿Podrían estar escondiéndola?

Rayos, la cabeza le daba vueltas. Ella había venido buscando la piedra, pero nunca se esperó encontrarla de aquella manera. Todo lo que se decía en aquella acalorada discusión se le grababa en el cerebro a regañadientes.

—¿Habrán descubierto ya que ha desparecido? —preguntó una de las mujeres con una voz sombría. Al igual que los hombres, iba vestida de manera rudimentaria y llevaba baratijas caseras con forma de pez.

—No lo creo —respondió un anciano—. Al menos que alguien nos haya traicionado, es imposible que lo sepan. Incluso la placa que dejamos era idéntica.

Entre ellos, se escuchó el crepitar de la madera ardiendo en el fuego. La hoguera estaba lo suficientemente alejada de Annie como para que apenas le llegara el calor. De pronto, se sumieron en un profundo silencio.

En la distancia, podía escuchar a hombres y mujeres susurrando entre ellos, interesados en la discusión que tenía lugar alrededor del fuego, pero sin la intención de molestar a los que Annie suponía que eran sus líderes.

La voz de Callum era solemne.

—Cuando nos marchamos de Scone mi padre estaba sano —interpuso. Annie detectó sospecha en su tono, pero no estaba dirigida a nadie en particular.

—¿A qué te refieres, Callum?

Callum se cruzó de brazos, dejando la Piedra del Inverno oculta tras su brazo.

—Solo digo que nadie más ha enfermado con esa comida.

—Esto es un asunto muy serio. ¿Estás acusando a alguien de haber envenenado a Finn?

Callum lanzó una mirada a Annie antes de girarse hacia el hombre que le hablaba.

—No estoy acusando a nadie, Brude. Sin embargo, si no os conociera a todos lo que estáis aquí, sin duda sospecharía de envenenamiento y quizás hasta traición en lo que se refiere a la piedra. Pero ninguno de nosotros ganaría nada aliándose con los hijos de MacAilpín. ¿Me equivoco?

El grupo se mantuvo en silencio tras escuchar la declaración de Callum.

—Tío, de todo el consejo, eres el único que quiere llevar la piedra de vuelta a Scone, sin embargo, no consigo entender qué beneficio sacaría nadie con la muerte de Finn.

Brude comenzó a andar de un lado a otro. Posó la mirada en un hombre que llevaba el cuerpo pintado con cabezas de pájaro desfiguradas.

—No soy el único. Por mi parte, no creo que tengamos que vivir como monjes para salvar a esos necios de ellos mismos. ¿A quién le importa si se matan entre ellos por el trono de Scotia? Yo digo que hay que devolver la piedra, esté maldita o no.

La mujer intervino.

—Es verdad. Brude no es el único que quiere marcharse de aquí —señaló ella—. Y te recuerdo que tú también decías que querías marcharte, Callum.

—Con una diferencia. A mí me importa un carajo si la piedra se devuelve o no. La podéis dejar aquí, en el valle, o romperla en mil pedazos, no me importa. —Lanzó otra mirada a Annie—. Aunque ahora me lo estoy replanteando.

La intensidad de su mirada la inquietó y tuvo que desviar la mirada. Seguía sentada, escuchando y jugueteando con la etiqueta del poncho mientras el crepúsculo daba paso a una de las noches más oscuras que había visto en su vida. Tras un rato, solamente era capaz de vislumbrar las caras de los que estaban alrededor de la hoguera, lo cual resultaba bastante perturbador ya que la tenue luz mostraba unos rostros coléricos que contrastaban con la negrura de la noche. Sin luces de ciudad que brillaran en el horizonte, todo parecía aún más oscuro.

«Ten ciudado con lo que deseas», le solía decir su padre.

Bueno, pues aquí está, papá. Lo deseé y aquí está.

A Annie le dolía de cabeza de tanto pensar pero, aun así, cada vez estaba más dispuesta a aceptar la verdad. De alguna manera, había viajado en el tiempo, a la antigua Escocia, y estas personas estaban escondiendo la Piedra del Destino. Pero, ¿quiénes eran estas personas y por qué tenían la piedra?

La más anciana de las dos mujeres lanzó una mirada amarga a Annie.

—¿Y qué pasa con ella?

Callum miró a Annie.

—¿Qué? ¿Con la muchacha?

—Sí, ha podido hacerlo ella —sugirió uno de los hombres que no era Brude.

Callum rechazó la idea sin pensárselo dos veces.

—No lo creo. Es tan tonta como parece. Además, ningún escoto enviaría a una mujer a hacer el trabajo sucio. No son como nosotros. A lo único que se dedican sus mujeres es a parir sus niños y chuparles la polla. En cualquier caso, miradla, es pobre como un mendigo. Ni siquiera se puede permitir comprar telas para vestirse. Está claro que no la sobornaron.

Annie se enfureció. Se tuvo que contener para no hablar en su defensa. Ella no era pobre, era sencilla. No era lo mismo. Puede que sus botas no fueran nuevas, pero eran de buena calidad. De hecho, se gastaba más dinero en cambiarles la suela cada pocos años que lo que le costaría comprarse unas nuevas. ¡Le gustaban esas botas!

—Su ropa parece nueva —afirmó Brude.

—Sí, claro, tu ropa también estaría impoluta si tuvieras que lavar esa cantidad ínfima de tela —sugirió Callum.

Annie le fulminó con la mirada. Precisamente él, que iba con el culo al aire, no era el más indicado para hablar. A decir verdad, cada vez que él cambiaba de postura, tenía que desviar la mirada para no ver por debajo de la manta que llevaba. Pero no dijo nada. No les iba a dar ninguna información que luego pudiesen utilizar en su contra. Aquel cuchillo estaba bastante afilado, y no parecía que se estuvieran decantando a su favor.

—¡Oye! ¿No había dicho que era de los escotos? —preguntó una de las mujeres alargando la mano, pidiendo el cristal de Annie.

Callum le entregó la Piedra del Invierno. La superficie vidriosa brilló con la luz del fuego cuando se la dio.

—Sí, dijo que también era inglesa pero, aun así, habla nuestra lengua como si hubiera nacido para ello.

Annie miró el cristal con nostalgia. Si consiguiera, de alguna forma, hacerse con esa maldita cosa, presentía que era la clave para regresar a su tiempo. No tenía ni idea de cómo funcionaba, pero tenía la intuición de que esa cosa era la responsable de que hubiera acabado allí. Y obviamente, necesitaba tenerlo de vuelta para la primera luna nueva, fuera cuando fuese. Elevó la mirada hacia el oscuro cielo. La luna estaba medio llena, pero no era capaz de saber si era creciente o menguante.

«¿Qué es lo que veo?», le había preguntado a la tendera.

«Verdades, mentiras y el destino de los hombres.»

—También dijo que estaba buscando *Clach na Cinneamhain* —señaló Brude—. ¿Cómo es posible que conozca la Piedra del Destino si no es una espía?

De improviso, Callum se giró hacia Annie, con la luz de la hoguera reflejada en sus ojos grises con un fulgor inquietante.

—¿Cómo sabías lo de *Clach na Cinneamhain*?

Annie se miró a las manos atadas, pensando una respuesta inteligente. Se planteó decir la verdad, que estaba realizando una investigación académica sobre la historia de la piedra desde hacía doce años, pero finalmente se decidió por contar una mentira de las gordas, haciendo conjeturas sobre lo que conocía de su cultura.

—Porque soy un hada —anunció ella.

La expresión en sus rostros pasó de la sorpresa, al miedo y la duda. Si Annie hubiera tenido más valor en aquel momento, se hubiera echado a reír.

Callum frunció sus oscuras cejas, claramente disgustado con su respuesta.

—Dijiste que eras una mericana —gruñó él.

No era una pregunta, pero Annie asintió.

—De allí es de donde vienen las hadas. ¿Nunca has escuchado hablar de América?

—¡No! ¿Me estás diciendo que eres un hada con padres humanos?

Annie no sabía mucho de hadas, pero no le pareció una idea descabellada. En realidad, en aquel preciso instante, pensaba que cualquier cosa era posible. Se encogió de hombros, en un intento de parecer despreocupada.

—Solo nos pasa a los mejores.

Callum estrechó los ojos.

Annie estaba desesperada por recuperar el cristal.

—Verás, si me devuelves el cristal, te lo puedo demostrar —dijo.

No tenía la menor idea de lo que iba a hacer, o de cómo reaccionarían. Estaban centrados en la discusión que estaba manteniendo con Callum, pero tenía la esperanza de impresionarles usando el cristal de alguna forma. Kate no había sido capaz de percibir el cambio de color, pero la tendera sí había podido verlo. ¿Podrían verlo aquellas personas?

Esperaba que así fuera.

De pronto, el hombre que respondía al nombre de Brude, le arrebató el cristal a la mujer que lo tenía en la mano. Se paseó alrededor del grupo mientras observaba el orbe, que brillaba sutilmente.

Incluso desde donde Annie estaba sentada podía ver cómo el color se tornaba rosado en su mano, aunque él no parecía darse cuenta.

—¿Qué tiene de especial esta basura de piedra? —preguntó.

Annie levantó la cabeza hacia él, y con cierto aire gitano dijo:

—Eso, señor, es la Piedra del Invierno. En sus profundidades puedo ver verdades, mentiras y el destino de los hombres.

—¡Sandeces! —explotó el hombre barbudo. No obstante, mientras lo decía, chispas rojas brillaron en sus manos, y Annie sintió una punzada de emoción con el descubrimiento. Estaba enfurecido, de eso no cabía duda. ¿Estaría afectando su ira al color del cristal? Tenía sentido para ella, de un modo extraño. En muchos gráficos de asociaciones de colores, el rojo se atribuía a la ira. A eso, o a la pasión, pero tenía sentido porque también era una emoción intensa. Si conseguía que siguiera hablando, quizás podía poner a prueba el cristal. Aunque aún no conocía lo que significaban los colores.

—He escuchado que habéis enterrado a vuestro jefe.

Su mirada se dirigió a Brude en vez de a Callum, aunque se dio cuenta de que era su padre, y sintió una punzada de culpabilidad por haberle interrumpido en lo alto de la colina. A Brude le llevó un rato responder, y durante ese tiempo, el color del cristal se volvió más intenso.

—Era mi hermano —admitió reacio, mientras en su rostro se mezclaban expresiones de arrepentimiento y de ira.

«Quien no arriesga, no gana.», pensó.

—¿Acaso te complace que haya muerto? —preguntó ella.

El color del cristal brilló con más fuerza, y él se irguió un poco más mientras dejaba caer a un lado la mano en la que tenía el cristal. Sus hombros se tensaron a la vez que la miraba con el ceño fruncido.

—¿Qué clase de pregunta es esa?

Por su parte, Callum permaneció en silencio, observando la situación con curiosidad. Ella se encogió de hombros, intentando no mostrar miedo por el ataque de Brude.

—Solamente era una pregunta. He oído que le envenenaron.

En el rostro de él apareció una mirada asesina.

—¿Me estás acusando de matar a mi propio hermano, perra extranjera?

«¿Suelen las hadas rogar por su vidas?», se estremeció Annie.

—No.

De repente, alzó el cristal en el aire. En su mano, el cristal resplandeció con un color ardiente que se reflejó en su rostro de forma espeluznante, y hacía que su barba pareciera de fuego, y con una voz atronadora dijo:

—¡Debería romperte el cráneo! ¡Pero voy a aplastar tu maldita bola de cristal! —gritó y se lanzó sobre la roca donde estaba Callum sentado, con la clara intención de romper el cristal.

Increíblemente, Callum ni se inmutó a pesar de que se le acercaba el salvaje.

—¡No! —gritó Annie, aterrorizada por la imposibilidad de volver a casa—. ¡Por favor!

Por suerte, intervino Callum. Se levantó y elevó una mano para indicar al hombre que se detuviera.

—¡Ya basta! —dijo.

El hombre se detuvo y miró a Callum con una expresión iracunda.

Bien, definitivamente el rojo era el color de la ira, concluyó Annie mientras observaba a Brude parado con el cristal en el aire, lanzándole una mirada amenazante. No podía creer que nadie más fuera capaz de ver el color rojo del orbe, en especial Brude. Parecía como un sol diminuto, que alumbraba mucho más que la luz del fuego.

Con una ceja levantada, la mirada de Callum iba desde Annie al cristal. Con calma, cogió el cristal de la mano de su tío, luego se dirigió hacia donde estaba Annie, al parecer, sin percibir que el color de la bola se tornaba rosa en su mano. Cuando le entregó el cristal sin dejar de mirarla, la piedra permaneció del mismo color.

El corazón de Annie se aceleró.

Alcanzó el cristal con torpeza, debido a las ataduras de sus muñecas. Para su sorpresa, cuando lo tocó, otra descarga le recorrió todo el brazo, gritó y estuvo a punto de soltarlo. Consiguió sostenerlo, y mientras lo tenía en la mano el color pasó a ser verde.

Su reacción no pasó desapercibida por Callum, en cambio, Brude ni se inmutó.

—¡Es una perra mentirosa! —dijo mientras Annie se recuperaba de la sacudida—. Si fuera un hada, como dice ser, no seguiría ahí sentada con las manos atadas. Y no seguiría estando aquí de no ser porque te la pone dura, Callum mac Finn.

Annie respiraba con dificultad, pero levantó la mirada para observar la reacción de Callum.

Él no miraba el cristal, ni a su tío, sino que seguía contemplándola a ella. De pronto, se giró para dirigirse a los demás, y dijo:

—Hasta que no llegue Biera para someterla a juicio, tanto si os gusta como si no, la muchacha está bajo mi protección. —Miró otra vez a Annie y la tranquilizó—. Mientras yo respire, nadie va a hacerte daño, muchacha. Puede que no crea en las hadas... pero creo en ti.

CAPÍTULO 5

Aquellas tres palabras seguían resonando en su cabeza.

«Creo en ti»

Aquella simple frase tenía el poder de rellenar las pequeñas grietas de su corazón, mucho más que un «te quiero». Se sentó pensando en la emoción que le había producido escuchar esas palabras de Callum. Sin embargo, ¿por qué debería importarle que creyera en ella? Al margen del riesgo que suponía para su vida que él no la creyese, lo cierto era que no le conocía. Tanto si tenía fe en ella como si no, no importaba. Y luego estaba Paul que, en cinco años de relación, nunca la había apoyado en nada, pero, en cambio, este hombre había creído en ella, conociéndola tan solo de... ¿cuánto? ¿unas horas?, todo era demasiado confuso.

De hecho, le había llevado bastante tiempo animarse a ir en busca de la Piedra del Destino. ¿Por qué? Porque su querido prometido solía decir que su tesis y los comentarios de su profesor eran la prueba de que estaba loca. Gracias a él, había perdido la confianza en sí misma. Por eso, en su última excursión con él por los Cairngorms, Annie había estudiado el terreno en secreto, sin decirle ni una palabra sobre sus intenciones.

Todo era muy desconcertante.

Al menos, tenía otra vez la Piedra del Invierno. Aunque, ahora, tenía que encontrar la manera de hacerla funcionar. Al parecer, pedir deseos al cristal no era suficiente, a pesar de lo que hubiera dicho la tendera. No obstante, Annie recordaba con claridad lo que le había dicho: «Si de verdad lo deseas, la Piedra del Invierno vendrá por sí misma». Parece que eso era mucho pedir. No estaba funcionando, y no era por falta de ganas de marcharse de aquel lugar, a excepción de la ráfaga de emociones que había sentido al escuchar las palabras de Callum.

De acuerdo, ¿significaba eso que prefería quedarse con un puñado de bárbaros, en vez de volver a casa y arrastrarse hasta su cálida cama?

No.

Llegó a la conclusión de que lo que la estaba reteniendo era, más que nada, la oportunidad de ver la Piedra del Destino. Sin duda, era posible, ya que ella estaba dispuesta a cortarse varios miembros por aquella oportunidad.

En su mano, el cristal se había vuelto frío y blanquecino. Lo dejó a su lado, mientras contemplaba sus extrañas cualidades, ninguna de las cuales era capaz de explicar con sus conocimientos. En su opinión, todas las cosas funcionaban siguiendo las leyes de la naturaleza, aunque en aquel caso, algo no terminaba de encajar.

Miró a la mujer a la que habían asignado para vigilarla que, al igual que Callum, se encontraba medio desnuda. Llevaba el pelo grisáceo trenzado de forma similar a él, y tinte añil medio desgastado. Además, vestía ropa extraña. A Annie no le cabía la menor duda de que esa mujer no había visto un secador en toda su vida.

Cuando terminó el debate, todo el grupo, excepto la anciana, se alejó del fuego. Alguien se acercó para dejar madera a un lado de la mujer, y ella alimentó el fuego mientras observaba a Annie sin disimular su desconfianza.

Al parecer, no confiaban en ella. ¿Cómo era capaz de adivinar que escondían la Piedra del Destino, a menos que hubiera viajado en el tiempo para llegar en el momento justo y entrometerse?

La palabra «coincidencia» no tenía ningún sentido en este caso. Sentía que había algo mucho mayor detrás de todo aquello. No, no podía tratarse de una simple coincidencia.

«Magia de hada», recordó.

Cuando estaba en la tienda de regalos, ¿había deseado inconscientemente ir allí? ¿Podría ser que hubiera estado toda su vida obsesionada con *Lia Fàil* porque era su destino? Quizás aquello era como el acertijo del huevo y la gallina, porque, por algún motivo, se sentía rara al pensar que había vivido toda su vida solo para aquel momento, y que todo lo que había hecho le había llevado ahora a aquel momento y lugar.

Estaba reflexionando sobre ello cuando regresó Callum, y se acercó directamente hacia ella, llevando algo en su mano. Se arrodilló a su lado y la sorprendió con un pañuelo repleto de comida.

—Debes de estar hambrienta, muchacha.

Annie le miró sorprendida. ¿Hambre? Se había comido todo el sándwich antes de quedarse dormida en la maldita colina, y la situación no le había abierto el apetito precisamente.

—Preferiría tener las manos desatadas —respondió con sinceridad. Él torció el gesto, pero parecía que estaba considerando la petición, así que ella continuó presionando—. ¡Por favor!, ¿a dónde se supone que voy a ir? Solo hay una salida de este valle, y está bien vigilada por matones.

Él frunció el ceño.

—¿Matones?

—Rufianes, mafiosos...

Su expresión parecía aún más confusa.

Annie suspiró.

—Guardias.

—¡Ah! Muchacha, ¿por qué no has dicho eso desde el principio?

Colocó el pañuelo al lado de ella, y desenvainó el cuchillo que llevaba en su bota. Annie le miró con sorpresa cuando él comenzó a cortar sus ataduras. Tenía ganas de replicar «lo que yo decía», pero ya estaba consiguiendo lo que quería, así que se contuvo.

—Gracias —dijo ella cuando el cuchillo cortó la última cuerda. Aunque pasó solo unas pocas horas atada, le escocían las muñecas, así que se masajeó la zona irritada con el pulgar.

Él la observó con un atisbo de advertencia en sus ojos grises de acero.

—No me decepciones, muchacha. Si intentas escapar, no te aseguro que pueda mantenerte a salvo. ¿Entiendes?

Annie asintió.

—Ahora come —exigió él—. Estás en los huesos.

Annie asintió con la esperanza de tranquilizarle y así quedarse sola para poder seguir observando su cristal en paz. Desde luego, no tenía nada que ver con el hecho de que cada vez que le miraba se lo imaginara desnudo. Era musculoso, pero no como esos tipos del gimnasio que posan delante de los espejos. Su cuerpo era fuerte y esculpido, seguramente debido a largas horas de trabajo. Aun así, no era propio de ella pensar en los hombres como objetos sexuales. Cogió una rebanada de queso del pañuelo, plenamente consciente de que la vigilaba con atención.

Parecía como si sus ojos pudieran ver directamente su alma.

—Te traeré algo para beber —ofreció él, a pesar de que se sentó a su lado, con los brazos musculosos abrazando sus rodillas y observándola mordisquear el queso—. Eres una muchacha extraña —comentó un momento después. En sus labios apareció una sonrisa infantil que hizo que a Annie le diera un vuelco el corazón —. Al fin y al cabo eres un hada, como quieres que crea...

Convencida de la respuesta que le iba a dar, Annie preguntó:

—¿A cuántas hadas has conocido? Para tu información, todo el mundo en América es igual que yo.

Él levantó una ceja.

—¿Igual?

—Bueno, quizás no exactamente igual.

En sus labios apareció otra sonrisa y a Annie se le volvió a acelerar el pulso. Los hombres como él no se fijaban en ella. Solían preferir a su prima Kate.

—Debe parecerse mucho al paraíso entonces —dijo él sorprendiéndola. Annie parpadeó y se ruborizó.

—¿Estás ligando conmigo?

Una vez más, él frunció el ceño, como si no entendiera muy bien lo que decía.

—¿Ligando?

—Olvídalo —dijo Annie incómoda. Pero a pesar de todo se dio cuenta de que sí lo estaba haciendo. Estaba ligando con ella. Esa mirada pícara en sus ojos era inconfundible. Al igual que la manera en que la observaba con admiración. Del mismo modo se sentía incapaz de ignorar el deseo que despertaba en sus adentros.

Reacio a dejar a la muchacha sola, Callum se reclinó sobre la roca a la que habían nombrado *Clach Tolargg*, en honor a los hermanos caídos. Su pueblo creía que los mismísimos Dioses habían dejado allí aquellas piedras. Cuanto más grandes eran estas, más significado encerraban y mayor era el vínculo espiritual. Celebraban los consejos en aquel lugar.

—Necesito que me digas la verdad, muchacha. ¿Quién te ha enviado? ¿De dónde vienes?

Ella se puso tensa.

—Vale... lo entiendo. —Su tono estaba lleno de reproche y quizás algo de decepción. Agitó el queso delante de él—. Tú quieres algo de mí, y crees que coqueteando puedes conseguir tus respuestas. —Le hizo un gesto impertinente, pero a la vez encantador, y él se quedó fascinado por lo inocente que parecía.

Sin embargo, hablar con ella le había dado dolor de cabeza, mucho más que el problema de la Piedra del Destino. Se pasó una mano por la zona del bigote y consideró levantarse para ir a buscar algo de beber para los dos como le había dicho un rato antes. Después del día que había tenido, realmente necesitaba un trago. No obstante, algo le mantenía sentado al lado de ella.

No se había propuesto «ligar» con la muchacha, como ella lo

había llamado, pero la encontraba atractiva. Aunque su ropa era extraña, su pelo era liso y brillante, y le caía sobre los hombros como un manto de seda negra. Sus cejas perfectas se arqueaban sobre sus ojos verdes claro. Y sus labios estaban hechos para que un hombre los besara. Si de verdad hubiera creído en las hadas, ella sería exactamente como él habría imaginado que serían, con la piel blanca y sedosa y con unas piernas que cualquier hombre desearía tener alrededor de su cintura. Sin embargo, no era buena idea que sus hombres pensaran que la estaba protegiendo por meterse entre sus piernas.

La vieja Morag los observaba con atención.

Él se quedó un rato reflexionando sobre la chica, pensando que por extraño que pudiera parecer, su presencia en el valle le había calmado la inquietud que sentía. Ciertamente, la idea de pasar su vida en Mounth ya no le parecía tan mala, si la chica se quedaba también.

—Necesito respuestas —dijo él—, y voy a conseguirlas, pero no eres mi tipo, si es a lo que te estabas refiriendo. Eres demasiado delgada para mi gusto —mintió.

Annie frunció el ceño. Estaba mintiendo, de eso estaba segura. Podía percibir el deseo que sentía en sus ojos acerados.

—Lo que tú digas —dijo ella, tragando un trozo de queso.

—Dime tu nombre.

—Annie Ross.

—Annie Ross —repitió él.

Annie dedujo que no era una pregunta. Parecía como si saboreara el sonido de su nombre, mucho más que lo que ella disfrutaba del queso, que a juzgar por el moho, ¿sería algún tipo de queso azul? Nunca había probado ninguno así, aunque tampoco había conocido a nadie como él que, por cierto, actuaba como un hombre empalmado. Era un mentiroso.

—Entonces, ¿vienes del condado de Ross? ¿Estás emparentada con los Fidach? —preguntó. Se mostraba inquieto y Annie quiso demostrarle que estaba equivocado, por supuesto, sin dejar de preguntarse por qué se sentía tan segura con un flirteo tan evidente. Se cambió de postura y levantó una rodilla para ver si a él se le escapaba alguna mirada.

El nombre de Fidach le resultaba familiar, pero no tenía ni idea de si estaba emparentada con aquel clan ancestral. Aunque pudiera parecer extraño, por su naturaleza curiosa y su obsesión con la Piedra del Destino, nunca se le había ocurrido rastrear la ascendencia de su clan.

—¿Fidach? ¿Te refieres a uno de los hijos de Cruithne, rey de los pictos?

Su mirada se ensombreció considerablemente.

—Somos siete pueblos, todos con sangre real. Es una blasfemia que nos llamemos pictos. No es nuestro propio nombre.

Annie estaba demasiado conmocionada como para sentirse decepcionada por el hecho de que él no le hubiera dedicado, ni siquiera, una mirada a su falda.

«¡Vaya!», pensó ella. «Callum es un picto».

«Estoy hablando con un picto».

De pronto, se había olvidado tanto del cristal, que estaba a su lado, como de su intento de seducirle. Había captado por completo su atención. Los pictos habían desaparecido misteriosamente de los anales de la historia. Sus compañeros estaban siempre imaginando posibles escenarios que explicaran cómo y por qué, y ahí estaba ella sentada en medio del campo hablando con un picto. Debía de estar muerta o en coma. Quizás se hubiera caído y golpeado la cabeza, y se encontrara inconsciente en el campo donde se había zampado su sándwich. Suponía que su idea del paraíso tenía que ser algún tipo de misión que implicara investigar la historia. Sin embargo, a pesar de que tenía la sospecha de que todo era un sueño, intentó mantener la calma para responder a la pregunta.

—Lo único que sé es que mi padre era escocés —respondió.

Al otro lado del fuego, la anciana hizo un sonido claramente desaprobador.

Callum apenas prestó atención a la mujer.

—¿Cómo están tus muñecas? —preguntó, cambiando de tema.

—Bien.

—Siento haber tenido que atártelas. Apareciste cuando estaba enterrando a mi padre.

—Lo sé. Yo también lo siento —dijo ella, hablando en serio.

De repente, la anciana se puso de pie de un salto.

—*Chan eil fhios càise!* —anunció mientras señalaba a Annie, y luego, se marchó refunfuñando—. *Dìt Scoti!*

Asustada por el arrebato de la mujer, Annie la observó alejarse de la luz del fuego, con su cuerpo teñido fundiéndose en la noche.

—No te preocupes por la vieja Morag —dijo él—. Para ella el único extranjero bueno es el extranjero muerto, pero es una vieja cascarrabias inofensiva a pesar de todo.

Annie no estaba del todo segura de eso.

—¿Qué ha dicho?

—Ha dicho que no conoces este queso —dijo él con una sonrisa—. La rebanada de queso que tienes en tu mano es tan valiosa como tu bola de cristal, y si fueras, en verdad, Fidach, sabrías que este queso lo llevan elaborando las mujeres de tu clan desde hace cientos de años. Supongo que has herido sus sentimientos al picotearlo como un pajarillo.

Callum la observaba con curiosidad.

—Dijiste que habías perdido a tu padre, ¿verdad?

—Tenía cinco años —dijo ella y se quedó en silencio. Incluso después de tantos años, el sentimiento de pérdida seguía siendo muy profundo.

Él la observó con atención, esperando a que continuara, pensó ella. A pesar de su tamaño y fortaleza tenía un aire de bondad y comprensión en la mirada que a Annie le parecía innato. Inexplicablemente, confiaba en él. A pesar de que nunca había hablado de la muerte de sus padres con su propio prometido, le atraía la idea de compartir su dolor con otro ser humano. Desgraciadamente, ¿cómo podías explicar que fue un conductor borracho a alguien que no tenía ni idea de lo que era un coche?

—Fue asesinado —dijo. En cierto modo era verdad.

Sabía que él sospechaba que había ocurrido lo mismo con su padre, aunque las circunstancias eran distintas. Pero tenían algo en común.

—¿Qué hay de tu madre?

Annie sonrió un poco.

—Inmortal, ¿no te acuerdas? —Eso era verdad también, al menos en su corazón. Bajo sus rodillas, el cristal brilló rosa y captó su atención. Hasta ese momento, no había dicho nada que no pensara que fuera cierto.

La mirada de él se fijó en el cristal que ella mantenía cerca.

—Háblame de esa bola de cristal, Annie Ross.

Annie se apresuró a cogerlo antes de que a él se le ocurriera tocarlo.

—Es un tesoro —dijo ella, repitiendo lo que había dicho la tendera.

—Sí, bueno… si de verdad tiene el poder de revelar todo lo que dices, entonces seguramente lo sea —dijo Callum.

—Puede hacerlo —insistió Annie Ross, protegiendo celosamente el cristal entre sus encantadoras piernas.

Él llegó a la conclusión de que mágico o no, era muy importante para ella. Sin embargo, ella poseía otro tesoro escondido que le resultaba aún más valioso, y hacía mucho tiempo desde la última vez que una mujer había conseguido excitarlo de aquella manera. Era tan encantadora como un día de verano, y su carácter hacía que ardiera de deseo. Además, tenía una mirada inteligente en sus ojos que le excitaba mucho más que cualquier par de tetas. Había dicho que era tonta, pero sospechaba que no lo era en absoluto, y se dio cuenta de que también se sentía atraída por él. Aunque, no sería nada bueno para ella que él se confesara de momento, ya que pondría su vida en peligro si lo hiciera.

Por otra parte, si Biera regresaba y descubría que la muchacha mentía... Bueno, no quería encariñarse de una mujer que tenía bastantes posibilidades de acabar sin cabeza.

Observó el cristal, pero no mostró ninguna intención de cogerlo porque sentía que ella le estaba ofreciendo su confianza. «Se atrapan más moscas con una gota de miel que con vinagre», solía decir su madre. El problema era que Callum nunca supo qué hacer con las moscas. Por otro lado, sabía exactamente qué quería de la muchacha sentada en frente.

Respuestas, para empezar.

No, no creía que ella fuera un hada. Ella era una mortal de carne y hueso, como él. La prueba estaba en cómo sus mejillas se tornaban rosas cada vez que ella se atrevía a mirar a la zona de sus muslos. Si no hubiera sido un hombre disciplinado, una pequeña protuberancia habría asomado por debajo de su tartán desde el momento en que se había sentado a su lado.

Tampoco creía que fuera una espía, pero si lo era, ni siquiera los dioses podrían ayudarla. Él tomaría su cabeza, como lo haría con cualquier otro hombre. Y si no lo hacía él mismo, uno de sus hombres tendría que hacerlo y, entonces, perdería la lealtad de su clan.

La sucesión no era absoluta, ni tampoco se decidía en base al patrimonio. Entre los más viejos, era el linaje materno el que importaba. Y, por suerte para Callum, o quizás por desgracia, el linaje picto de ambos padres era verdadero. En aquellos días, habían pasado tres generaciones desde la traición de MacAilpín, y casi todos los hombres tenían sangre gaélica por el linaje de uno de sus padres. Era una mancha en su linaje picto, y el consorcio había reunido a las últimas personas cuya sangre era pura. Ninguno de los hombres y mujeres que habían sido seleccionados para aquella misión estaban comprometidos con los gaélicos, ni por lealtad, ni por sangre.

Se quedaron en silencio un rato, escuchando el constante sonido de los martillos en la distancia. En la playa, los hombres de su clan se ocupaban de reparar los restos de un viejo crannog que estaba en ruinas. Le dolía pensar que los sabios de las siete naciones pictas —Cat, Fidach, Ce, Fotla, Circinn, Fortriu y Fib— cabían sin problema en un pequeño crannog. Lamentablemente, ellos eran los últimos «hombres pintados», aquellos a los que los romanos solían llamar pictos. Ahora eran los guardianes de *clach-na-cinneamhain*, la verdadera Piedra del Destino, que estaba escondida en lo profundo de la montaña.

La muchacha recogió el cristal. En el momento en el que lo tocó, el color cambió.

—¿Qué significa cuando se pone verde?

Ella le miró sorprendida, con los ojos aún más abiertos.

CAPÍTULO 6

¿Él podía verlo? Annie aún no sabía cómo responder, ya que no entendía las propiedades del cristal. Hasta ese momento, solo había visto que cambiara a ese color en las manos de dos personas, las de ella y las de la tendera, por lo que solo podía ser una cosa.

—Sabe cuándo está en las manos de su poseedor.

Cuando dijo aquellas palabras, las estrías del cristal tomaron un matiz rosado.

«Te ha elegido a ti», recordó las palabras de la tendera.

Callum también observaba el cristal. Annie le dedicó una mirada breve, pero sus ojos se volvieron a centrar en el cristal cuando, de pronto, lo comprendió.

—Claro —dijo ella—. Yo soy la poseedora.

«¿Qué más significaban los colores?»

«Verdades, mentiras y el destino de los hombres».

Annie pensaba que las palabras de la anciana eran demasiado específicas. Hasta ese momento, solo había visto dos colores, y todas las cosas estaban condicionadas por verdades y mentiras. Si el verde significaba que se había forjado la conexión con el cristal, ¿podría el rojo significar la verdad, en vez de ira o pasión? El color rosado del cristal se intensificó cuanto más pensaba en ello, y se deleitó. Parecía que reaccionaba directamente con todo lo que estaba conectado con ella.

«Magia de hada», había dicho la anciana.

«¿Podría ser cierto?¿Cómo sería el color de la mentira?»

Levantó el cristal y lo sostuvo frente a ella, para observar sus profundidades.

—Vengo de otra época y lugar —anunció con claridad, sin ni siquiera mirar a Callum, a pesar de que aquella declaración le iba a beneficiar a él. El color verde acabó por difuminarse en el cristal, y se extendieron por él, hebras de todas las tonalidades de rojo.

Callum observó con atención cómo el cristal reaccionaba a sus palabras. Por un momento, le pareció notar un atisbo de sorpresa en su mirada, sin embargo, en ese momento, ella le miraba con convicción.

—¿Eres una espía del rey Giric? —preguntó directamente.

Ella le dedicó toda su atención y negó con la cabeza, dándose cuenta, al parecer, de la importancia de la pregunta. Los colores de la piedra se mantuvieron rosados, por lo que Callum pensó que debía de estar diciendo la verdad. Se propuso ponerla a prueba, y también al cristal.

—¿Me encuentras atractivo, Annie Ross?

La mirada de ella se deslizó hasta los ojos de él.

—No... mm... No he pensado en ello —balbuceó ella, y el color del cristal adquirió un tono marrón sucio, mientras que sus meji-llas se tornaban de color carmín.

A Callum le ardía la sangre en las venas de solo pensar en su rubor, sin importar que ella lo negara. ¡Por el amor de Dios! Incluso sin la confirmación del cristal, reconoció el deseo en sus ojos verdes claros, unos ojos que poseían más astucia que cual-quier mujer que él hubiera conocido.

De hecho, más que cualquier hombre también.

Pasó un instante sin que se intercambiaran palabras, y parecía que le faltaba el aliento al mundo entero.

—¿Quieres besarme, muchacha? —preguntó él, esta vez, sin intención de ponerla a prueba. Ya no le importaba si sus hombre estaban vigilando o no. Que miraran si así lo deseaban. Si ella respondía que sí, en aquel preciso instante, él besaría su preciosa y dulce boca.

—¡No! —dijo ella muy rápidamente. En sus manos, el cristal se oscureció y se apagó como si fuera una antorcha reducida a cenizas.

Cuando Callum lo vio, sonrió. Ella mentía, y eso lo complacía enormemente.

A la muchacha le llevó un momento darse cuenta de que la piedra le había traicionado, y cuando lo hizo, él se echó a reír disimuladamente.

—Parece que, de verdad, tu bola de cristal revela verdades y mentiras, Annie Ross. A partir de ahora, vigilaré todo lo que dices. —Tras decir esto, se levantó—. Yo tampoco te quiero besar —mintió—. Y no me gustas nada, tampoco —dijo antes de marcharse, y antes de que ella pudiera observar el color oscuro de la bola de cristal.

Mientras se encaminaba hacia el crannog, se dio cuenta de que sonreía como un bobo, y deseó que Biera se apresurara para declarar inocente a la muchacha porque, aunque fuera lo último que hiciera, tenía la intención de convencer a Annie Ross de que se quedara con él en valle, para darle hijos y calentar su cama. Con la persona adecuada en sus brazos, ni siquiera el frío podía mermar su espíritu.

Brude tenía razón. En aquel momento, Callum estaba mucho más motivado para terminar el crannog, y todo gracias a Annie Ross. Aunque tuviera que trabajar esa noche hasta que las antorchas se redujeran a cenizas, prometió no parar hasta tener un lugar en el que poder cortejar a la mujer que quería convertir en su esposa.

No obstante, nadie parecía notar los colores cambiantes de la piedra, por eso, aunque él la creyera, los demás no tenían por qué hacerlo. Hasta que Biera regresara, tenía que mantener a la muchacha controlada, lo cual, era una tarea que no parecía sencilla, sobre todo si ella continuaba mirándole con aquella mirada de anhelo que le hacía querer probar el néctar de su cuerpo.

Sí, la quería, pero por el momento, era suficiente saber que de donde quiera que viniera, hada o no, era seguro que los dioses la habían enviado para calmar su corazón inquieto.

«¿Quieres besarme, muchacha?»

Aquellos sensuales labios estaban anclados en la memoria de Annie. Para resaltar su mentira, la Piedra del Invierno se mantuvo oscura, sin atisbo de color rojo, verde o blanquecino.

«¿Quieres besarme?», recordó.

«No».

«Sí».

El color del cristal brilló de repente, mostrando destellos rosas.

«¡Maldita sea!»

Quería besarle. Era cierto. La forma en que la había mirado le aceleraba el pulso, incluso sin estar él presente. A pesar de lo que había dicho, él tampoco era inmune a ella. Tan solo le hubiera gustado saber cómo usar el cristal, para demostrar que él también era un mentiroso, como había hecho él con ella.

«¡Maldita sea!». Había usado la piedra en su contra.

«Pero, ¿por qué solo ellos y la tendera podían ver los colores?», se preguntó Annie.

Se hizo un ovillo bajo su poncho barato, en un intento de hacerse lo más pequeña posible para caber dentro de su prenda con flecos. Era inútil. Hacía frío y estaba demasiado inquieta. Cuando se acabó de poner el sol, la temperatura se desplomó, y la única razón por la que no empezaron a castañearle los dientes fue porque su nueva obsesión apareció para soltar una pesada manta de lana sobre ella. La guiñó un ojo, como si hubieran sido aliados desde hace mucho tiempo, y luego se marchó.

—¡Espera! —Annie cogió la piedra, buscando una oportunidad

para redimirse—. ¡Espera! —volvió a decir, pero él la ignoró y siguió su camino, sin ni siquiera mirar atrás con los hombros agitados por algo que a Annie le parecieron carcajadas.

Estaba jugando con ella.

¿Era consciente de lo que le había hecho?

«Maldito».

Frustrada, Annie se giró, dándole la espalda a la gruñona de Morag.

Envuelta en la manta de Callum, se dio cuenta de lo fino y endeble que era su poncho moderno, y se sintió muy agradecida por el detalle que había tenido Callum. Aunque la parte negativa es que su aroma la envolvía dentro de la manta. Olía a hombre, sol y sudor. Resultaba muy perturbador y hacía que sus pensamientos volaran a lugares que no debían frecuentar. Tampoco podía dejar de imaginarle trabajando allí o en algún otro sitio con el culo al aire. Se quedó mirando la Piedra del Invierno y admitió la verdad, que le gustaba, y el color rosado de la piedra se acentuó.

—Vale, sí —confesó a la roca—. ¡Sí, maldita sea! ¡Me gusta!

Junto a la hoguera, Morag, malhumorada, murmuró algo entre dientes y prosiguió avivando el fuego. Por suerte, después de un tiempo, llegó un hombre para relevarla. Los dos intercambiaron palabras que Annie no consiguió entender, y se quedó a solas con el nuevo guardia, que por suerte, tenía un carácter un poco más afable. Si pensaba que Callum era alto, este hombre se cernía sobre ella como si fuera un enorme pino. Se sentó, o más bien, se dobló como un acordeón.

—*'S thoigh le Callum Annie às Ross* —dijo con una sonrisa ladeada.

Annie no estaba del todo segura, pero tenía la sensación de que había hecho una declaración de tercera, algo como: «A Callum le gusta Annie Ross».

Ella sonrió. Le producía una curiosa sensación de satisfacción saber que alguien más lo había percibido también, aunque Callum se negara a admitirlo. Si la situación no hubiera sido tan... extraña, lo cierto es que se hubiera echado a reír. ¿Qué se suponía que debía contestar a eso? Aparte de que a ella también le gustaba Callum. Sonrió tímidamente al hombre, y él la recompensó ofreciéndole su petaca, después de dar un profundo trago.

Sedienta, cansada, helada y agradecida por su muestra de amabilidad, Annie no lo dudó. Aceptó la petaca con avidez y dio un rápido trago.

El fuego líquido descendió por su garganta y al tragar se atragantó. Pensó que debía de ser whisky, pero no estaba nada convencida. Su sabor se parecía más al de la gasolina. ¡Madre mía! Debería haber supuesto que no solían tomar agua en un sitio como aquel. Seguramente, aún no sabían ni cómo hervirla, pensó con sarcasmo. Pero, a pesar de su gesto amargo al probar el licor, su nuevo compañero se echó a reír de forma amistosa.

—*Is ainm dhomh Dunneld* —dijo él, revelándole su nombre.

Por un momento, Annie no fue capaz de articular palabra, debido al ardor de la garganta. Le devolvió la petaca y dijo:

—Encanta de conocerte, Dunneld.

Él bebió otra vez, tragando el whisky casero con tanta facilidad que parecía leche.

—Yo también, muchacha. —Su sonrisa se intensificó—. Si me preguntas a mí —continuó—, eres un regalo de los dioses, seas un hada o no. —Asintió cuando vio que ella fruncía el ceño—. Hasta que llegaste tú, Callum estaba preparado para marcharse. Pobre muchacho. La ha afectado mucho la muerte de su padre. Lo cierto es que nunca le ha convencido demasiado nuestra... —Apartó la mirada repentinamente, un poco desconcertado mientras terminaba la frase—. «Misión».

Pero, tras decir aquello, volvió a mirarla otra vez con la sonrisa en el rostro, y sacudió la cabeza con lo que parecía ser verdadera preocupación.

—Será mejor que descanses —le aconsejó guiñándole un ojo, y concluyó su advertencia con otro trago de whisky—. Eres justo lo que necesita el jefe para sentar la cabeza, te lo garantizo.

Annie se ruborizó. Seguramente no era buena idea decirle al hombre que no tenía intenciones de quedarse tanto tiempo. Una vez que hubiera satisfecho su curiosidad con la Piedra del Destino, pensaba dedicar las veinticuatro horas del día a encontrar la forma de volver a casa, sin importar lo mucho que Callum invadiera sus pensamientos.

«¿Por qué?», la pregunta le vino a la cabeza, en forma de voz incorpórea, agitando sus adentros.

Se echó hacia atrás, apoyando el codo en el suelo y tapándose con la manta casi hasta la barbilla. Aquella gente no la había hecho daño, solo había dudado de sus motivos. ¿Por qué no quedarse y explorar lo que estaba sintiendo? ¿Qué razones le quedaban para regresar?

«Todas», se contestó mentalmente. «Todo, y a la vez nada».

Aquel pensamiento la entristeció.

—Acércate al fuego, Annie Ross —exigió Dunneld de buena manera—. Hace frío.

—Gracias —respondió Annie.

—'S e do bheatha. De nada.

Annie pensó en el hombre que tenía frente a ella, y también en Callum, ambos mucho más educados que la mayoría de los que conocía. Se quedó un rato tumbada observando cómo el hombre pensativo atizaba el fuego con un palo, y se preguntó quién la echaría de menos si no regresaba. Puede que Kate. Aunque solo veía a su prima una vez al año, más o menos. Tenía amigos, pero todos estaban ocupados con su vida, criando hijos o intentando hacer méritos en el trabajo. Annie siempre se había sentido como un pez fuera del agua, y en aquel momento no se sentía así. Quizás debía preguntarse el porqué.

—¿Dónde estamos exactamente, Dunneld?

El gigante frunció el ceño.

—Vaya, si has venido andado con tus dos piernas. ¿Cómo puede ser que no sepas dónde estás?

Tras aquella pregunta de lógica aplastante, y sin absolutamente ninguna respuesta, Annie frunció el ceño.

—No lo sé.

Todo lo que creía saber hasta entonces se había puesto en duda.

La noche era oscura, pero la luz del fuego proyectaba un cálido resplandor sobre el rostro de Dunneld, acentuando el rojo de su barba. Dio otro trago a su petaca, asintiendo. Debió de creer lo que decía, porque movió una mano por el aire señalando toda la zona y dijo:

—Esto es un valle sagrado. MacAilpín juntó aquí a los siete reyes para cenar como amigos. —Su voz adquirió un tono sombrío—. A Tolargg el negro, Drust... a todos ellos, y los masacró como corderos en un altar.

Lanzó el palo al fuego, y se quedó observando cómo ardía. En sus ojos apareció una profunda tristeza, que alcanzó a ver gracias a la titilante luz de las llamas. Perdido en pensamientos que ella no podía imaginar, bebió más whisky y fue poco a poco soltando la lengua. Parecía llevar largo tiempo guardando aquellas palabras en sus adentros.

—Ese canalla decía que su madre era picta —relató con amargura—. Pero no era más que un lobo con piel de cordero, un gaélico traidor...

—¿Quién?

—MacAilpín, el canalla.

Annie recordó las palabras de Callum: «Ninguno de nosotros ganaría nada aliándose con los hijos de MacAilpín». Su corazón se aceleró. La posibilidad de estar compartiendo el mismo aire que el padre de Escocia la hizo sentirse mareada, aunque al parecer, ni Dunneld ni Callum le tenían en alta estima.

—¿Dónde está ahora? —preguntó conteniendo la respiración mientras esperaba la respuesta.

—¿Quién?

—Kenneth MacAilpín.

Él le lanzó una mirada incrédula.

—¡Bah! Muerto desde hace veinte años o más.

Una enorme decepción le recorrió el cuerpo.

—Ah, no lo sabía.

Él levantó una ceja.

—Puede que seas un hada de verdad, porque no alcanzo a entender cómo es posible que alguien no lo sepa. Ese mentiroso murió con un bulto en la garganta, tan grande como mi puño, maldecido por los dioses y, aun así, enterrado en la isla de Iona como si fuera un santo. Lo cierto es que los únicos que lloran por él son sus hermanos gaélicos, porque los míos no van a olvidar fácilmente que fue Kenneth MacAilpín el que asesinó a nuestros reyes.

—¿Veinte años? —Annie suspiró decepcionada. Pero aún le quedaba la piedra, y había dedicado toda su vida académica a aquel interrogante, así que necesitaba saberlo—. ¿Qué hay de la piedra, la que habéis traído de Scone?

Sorprendido por la pregunta, Dunneld la miró con asombro.

—Parece que he hablado demasiado, Annie Ross. No te preocupes por eso. Descansa ahora, antes de que llegue la vieja Morag y sufras su *an droch-shùil*, su mal de ojo.

Annie se rio un poco. Volvió a posar la cabeza en el suelo y comenzó a observar el oscuro cielo, mientras en la distancia resonaban los martillos.

«Hasta que llegaste tú, Callum estaba preparado para marchase»

«A Callum le gusta Annie Ross»

Sí, estaba claro que le gustaba y se prometió a sí misma que lo iba a demostrar, aunque fuera la última cosa que hiciera antes de irse. Tenía en su estómago una sensación como de mariposas revoloteando, y su corazón estaba acelerado. Si estaba muerta, o soñando... Si aquello era el cielo, al menos, Dios había acertado con la versión del paraíso que le gustaba, rodeada de la historia que tanto amaba.

Annie tiró inconscientemente de la manta de Callum hasta cubrirse la nariz, y respiró profundamente aquel aroma masculino mientras estudiaba el cielo nocturno. Veía las mismas estrellas, todas estaban donde tenían que estar. Incluso la brillante Estrella Polar estaba a plena vista. Si estaba soñando, lo hacía con un detalle increíble. En el cielo, las estrellas centelleaban como polvo de hada, invitándola a cerrar los ojos hasta que cayó en un profundo y reparador sueño, a pesar de sentirse ansiosa por tener la fantástica posibilidad de ver la Piedra del Destino, pero estaba convencida de que no era solo por eso.

Ni si quiera se despertó con el cambio de guardia.

CAPÍTULO 7

En lo alto de la colina también hubo un cambio de guardia.

Las cuevas naturales e inundadas de bruma, descendían hacia las profundas entrañas de la montaña. Allí es donde habían resguardado la piedra. Pero no se podían aventurar más, porque la fría niebla se calaba hasta los huesos. No había otra manera de entrar, así que los guardias se quedaban en el exterior, vigilando desde fuera. Sus voces se podían escuchar, por lo que hablaban en susurros. Uno de ellos era un anciano, el otro no. Casualmente a los dos les había tocado el mismo turno aquella noche.

—Si es una espía, no la ha mandado Giric —declaró el anciano.

—¿Cómo puedes saberlo?

El anciano se encogió de hombros. Usó su cuchillo para arrancarse un padrastro del pulgar, provocándose una hemorragia que acabó por limpiarse en su tartán.

—Digamos que yo tenía que guardar sus secretos hasta que dejamos Scone.

—Entonces dime, si Giric sabe que la piedra no está, ¿por qué no ha dado la alarma, ni ha asaltado el valle aún?

El anciano miró a su compañero que estaba sentado sobre su trasero y volvió a envainar su cuchillo.

—Pues claro que no conocen el paradero de la piedra, ¿cómo podrían saberlo? Desde el día que llegamos, nadie ha salido de este valle dejado de la mano de Dios, excepto Biera, esa vieja bruja.

—No deberías hablar de ella de ese modo. Dicen que tiene el oído de los dioses.

—*Chan eil agad ach a' bhreug!* ¡No son más que mentiras! No es más que una vieja arpía —continuó diciendo el anciano—. Si me preguntas a mí, bebe como si no hubiera un mañana, como deberíamos estar haciendo nosotros. ¡No es Cailleach Bheur!

La tormenta que había amenazado con desatarse, había desaparecido por completo. El cielo nocturno estaba despejado, sin una pizca de viento, pero, desde las cuevas, la fría bruma se extendía por toda la colina.

—De todas formas —prosiguió el anciano—, a Giric no le interesa que nadie se entere de que su coronación no fue consagrada, sobre todo, ahora que los nietos de MacAilpín han huido de Scotia.

Según el anciano, solo tenían tres opciones. De las cuales, solo una era plausible. La primera era aliarse con Giric, el usurpador, quien se estaba preparando para casarse con alguien de su sangre para reestructurar las casa reales. Otra opción implicaría que las casas nobles de Pictia se pudrieran, abandonadas en aquel valle, junto con la maldita Piedra del Destino, mientras que el reino de Scotia seguía su propio camino, otorgando la realeza a los hijos e hijas de los gaélicos. Y luego, estaba la opción de devolver la piedra públicamente, por lo que acabarían ahorcados. Por supuesto, a Giric también le colgarían y la línea sucesoria regresaría a los hombres a los que les importaban un comino los pictos. Al menos, Giric mac Dúngail estaba dispuesto a casarse con la hija del anciano, pero nadie más lo sabía, a excepción del hombre que tenía a sus pies. Pero, en el caso de que tuviera pensado cambiar de idea, el anciano recordó:

—Giric nos cubrirá de oro si devolvemos la piedra, nos recompensará con puestos en su corte. No será peor que esto, un terreno frío y duro, en el medio de Mounth, con el invierno acercándose.

Tras decir esto, ambos se quedaron en silencio, contemplando la noche estrellada.

Después de todo, esconder la Piedra del Destino para impedir que aquellos malditos gaélicos se mataran entre ellos, no era su problema. Ni siquiera Callum estaba convencido. El anciano casi había conseguido engatusarle para volver... casi. Y, de repente, aparecía aquella mujer...

—Hemos fallado, no hemos conseguido convencerle —dijo con seriedad el hombre que estaba sentado a sus pies, como si estuviera leyéndole los pensamientos.

—No, tú has fallado —contestó el anciano—. Lo que me molesta no sabes cómo, porque me veré obligado a hacerlo yo mismo.

El hombre asintió con los ojos ensombrecidos.

—Por lo menos, Finn tuvo una muerte rápida. Pobre desgraciado.

—¿Pobre desgraciado? Siempre ha conseguido todo lo que ha deseado, cuando lo ha deseado. ¿No consiguió deslumbrar a todo el mundo, mucho más que un cuento de borrachos, con el fin de embarcarnos a todos en esta misión? No, no siento ni una pizca de remordimiento por lo que está hecho. Finn podría haberse puesto de parte de Giric simplemente preguntándoselo y, aun así, se nombró a sí mismo guardián de la piedra. Todos los hombres deben vivir con las decisiones que toman. En vez de eso, él murió por las suyas.

—Porque él creía que la piedra estaba maldita.

—¡Sandeces! —exclamó el anciano—. Esa piedra no es más que una losa inútil que algún loco trajo desde Erin. No vamos a sobrevivir si nos quedamos en este valle, no lo olvides.

Los dos hombres permanecieron en silencio, de nuevo.

El anciano estaba resuelto a no fallar, bajo ningún concepto. Había mucho que perder. No podía permitir que aquel hombre flaqueara, así que, por si acaso, ya había comenzado a intentar convencer a Angus. Al igual que Fergus, Angus era un anciano, muy respetado por el clan.

—He pensado que puede que Callum sospechara algo cuando preguntó qué podría ganar alguien si se aliara con los hijos de MacAilpín...

El anciano le miró de reojo.

—Está claro que hizo la pregunta equivocada y no tuvo en cuenta a Giric.

—¿Cuántos saben por qué Máel se quedó en Scone?

—Nadie —aseguró el anciano—. ¿Por qué se tendrían que cuestionar el derecho de una hija a permanecer con su madre enferma?

El hombre asintió.

—Así que ahora Callum se ha puesto a reparar el crannog de nuevo.

—Qué imbécil.

Se produjo un silencio.

—¿Deberíamos matar a la muchacha?

El anciano reconoció vacilación en la voz del hombre, y se burló.

—¿No me digas que crees que es un hada, y tienes miedo de enfadar a los dioses? Pero no te preocupes, yo lo voy a hacer mejor —aseguró con una sonrisa lenta—. Voy a dejar que Callum lo haga por nosotros, entonces, cuando haya dejado el valle, nuestra misión será mucho más fácil, porque, aunque no se haya dado cuenta aún, él es quien mantiene a todos unidos. Una vez que se haya ido, será pan comido convencer al resto de que devolver la piedra es nuestra mejor opción.

—¿Y si matar a la muchacha no es suficiente?

El anciano se encogió de hombros. Reflexionó un instante, y luego sugirió:

—Entonces debemos matar a Callum también.

MEDIO ESPERANDO QUE TODO HUBIERA SIDO UN SUEÑO, LOS ojos de Annie parpadearon con rapidez para encontrar que estaba tumbada al lado de Callum, en el camastro de una habitación. Se encontraban en el suelo, cubiertos por tartanes. Bajo los tablones del suelo podía escuchar claramente el chapoteo del agua.

Había dormido tan profundamente que solo tenía un vago recuerdo de cuando él la había llevado hasta allí, acurrucándola en su cálido pecho y andando despacio para no despertarla.

Sonrió intencionadamente. Bien, así que él no se sentía atraído por ella y no le gustaba, ¿eh?

Se intentó incorporar, pero él debía de haber estado despierto todo el rato, porque posó su brazo sobre ella para impedir que se levantara y para mantenerla cerca. Su voz mañanera sonaba ronca.

—Estás aquí para tu protección —explicó él, a pesar de que ella no hubiera preguntado.

—¿En serio? —Era absurdo, pero le gustó sentir el peso del musculoso brazo sobre sus pechos y se estiró para presionarlos más contra su brazo y así provocarle—. ¿Ni siquiera un poco porque me deseas?

—No —respondió él sin pensárselo dos veces.

Sintiéndose satisfecha al pensar en echar un vistazo a la Piedra del Invierno, Annie apartó el brazo que la cubría y buscó su cristal, con la intención de enseñárselo a él.

—¡Oh, no! —exclamó al darse cuenta de que ya no lo tenía con ella—. ¿Dónde está?

Se enderezó y buscó con la mirada en la habitación vacía. No había ningún tipo de revestimiento en las paredes, ni tampoco muebles. La habitación estaba vacía y la Piedra del Invierno había desaparecido. Él simplemente la miró y apartó la manta para que ella pudiera ver que él no tenía su cristal.

—Tranquilízate, muchacha. Tu bola de cristal está a salvo.

Solo entonces se dio cuenta de que él estaba completamente desnudo, y su reacción natural fue la de apartarse con torpeza del camastro. Sin embargo, se calmó enseguida al constatar que no le había puesto la mano encima en toda la noche. Inmediatamente después de percatarse de ello, la inundó una sensación de decepción, que no tenía ningún sentido.

Él levantó una ceja.

—Bah, muchacha, parece que nunca hubieras visto el bálano de un hombre.

—El... ¿qué?

Sus labios se curvaron con malicia.

—Eso que estás mirando como si fuera un demonio de un solo ojo.

Las mejillas de Annie comenzaron a arder.

—¡Bueno! —exclamó ella—. ¡Nunca había visto el tuyo!

Y en ese instante, deseó no haberlo visto, porque estaba más bien flácido y, sin embargo, era sin lugar a dudas, el hombre mejor dotado que había visto sin pantalones, pero no estaba excitado ni lo más mínimo.

¿Puede que, de verdad, no se sintiera atraído por ella? Después de todo, no era Kate, pero tampoco era un cero a la izquierda. ¿Quizás su prima tenía razón y necesitaba un cambio de imagen?

—¿Has acabado ya? —preguntó él entre sonoras carcajadas—. Aunque si es de tu agrado... puedes echar un vistazo más de cerca, y quizás cambie de opinión.

Annie parpadeó para aclarar sus ideas. Se levantó, sacudió su poncho y, finalmente, arrancó la etiqueta con el precio y lo aplastó en el puño.

—¿Dónde está mi piedra? —exigió.

Él seguía sonriendo, y el solo mirar su sonrisa la exasperaba. Percibió cómo la miraba y estaba segura de que él se sentía atraído por ella, a pesar de lo que dijera.

¡Quería su cristal!

—Te ruborizas mucho para ser un hada —dijo él, ignorando su

pregunta—. Si no lo hubieras dicho... pensaría que eres de carne y hueso como yo.

—¿Desde cuándo un hada no se ruboriza? —le desafió.

La sonrisa de Callum se amplió con la pregunta.

No cabía duda de que era de las Tierras Altas de Escocia, auténtica, enérgica y atrevida, sin importar de donde viniera. Sí, sabía que podía encajar a la perfección con las demás mujeres de su clan, que serían capaces de rebanar las orejas de un hombre antes que postrarse ante él.

—Si estás pensando en hacerme daño, deberías pensártelo dos veces —advirtió ella—. Sé kárate.

Callum soltó una risa. No se movió de donde estaba tumbado, pero se cubrió para dar un respiro a los ojos de ella.

—No sé lo que es kárate —le aseguró—, pero no te preocupes, muchacha, porque no tengo pensado hacerte daño. ¿Por qué demonios dices algo así?

Ella le miró con sus ojos verdes entornados.

—¿Y tú por qué duermes así en mitad del invierno? —exigió saber ella, con un tono lleno de censura—. Te atraigo —insistió—. ¡Por qué no lo admites!

Callum hizo una mueca.

—¿Invierno? No, muchacha, todavía es verano, y duermo así... —Se levantó de la tarima y recogió su tartán—. Porque temblabas como una hoja y quise mantenerte caliente. —Levantó una ceja—. No estás mostrando nada de gratitud pero, aun así, de nada.

—Ah —dijo ella más tranquila, y tuvo la deferencia de mostrar desconcierto y quizás algo de arrepentimiento—. En ese caso... gracias... supongo.

Sin embargo, en su encantador rostro apareció una mueca que a él le parecía de decepción.

Los hombros de Callum se volvieron a agitar por las carcajadas. Ella estaba delante de él, mirando en todas direcciones como si fuera una salvaje preparada para escapar, pero sus ojos le suplicaban que la reconociese como mujer. El repentino impulso de observar el color de sus ojos verdes veteados de color whisky añejo le hizo envolverse en su tartán para cubrir su desnudez y permitir que le mirase directamente a la cara, y no por el rabillo del ojo

Al contrario que Callum, ella durmió vestida. Y a pesar de que decía lo contrario, la visión de sus preciosas piernas le puso a prueba.

Si los dioses se lo permitían, tenía la intención de acostarse con la muchacha, pero tenía que ser ella quien lo pidiese. De hecho, pretendía hacer que lo suplicara, pero entonces, se quedaría a su lado para siempre, protegiéndola con recelo, porque después de haberla visto a la luz de la mañana, con su precioso pelo azabache revuelto de dormir, y sus mejillas rosadas, sabía que iba a ser la envidia de todo hombre. Pero, a pesar de parecer bastante intrigada con su miembro viril, tenía la sensación de que iba a necesitar mucho más que el regalo con el que había sido bendecido, para ganar su corazón y conseguir que se quedara con él en el valle. No, simplemente con el deseo no iba a ser suficiente, ni siquiera para él, ya que anhelaba algo más, algo que no había sido capaz de encontrar ni con todas las mujeres de los siete clanes.

Sin embargo, necesitaba saber con certeza los motivos por los que había aparecido en aquel valle, y pretendía ponerla a prueba. Por su bien, esperaba que la pasara.

—Hay algo que quiero enseñarte —dijo él con una sonrisa lenta, sintiendo que conocía cómo tentar a la atractiva muchacha. La mirada de ella se deslizó hacia su ingle y él se echó a reír—. No, muchacha, eso no —la tranquilizó.

CAPÍTULO 8

Annie le seguían ardiendo las mejillas cuando Callum la guió fuera del crannog. Era una vivienda con forma de cono que se asentaba sobre el lago. Unos años antes, había visitado una como esa en Loch Tay. Sin embargo, este era mucho más grande, construido con salas más pequeñas que rodeaban una gran sala. Saltaba a la vista que la estructura había visto mejores días, pero estaban haciendo reparaciones. Desde por la mañana, los hombres habían estado trabajando en ello, transportando madera y, ahora que ellos ya habían salido de las dependencias del jefe, comenzaron a hacer más ruido.

Había una sola puerta que daba a un embarcadero angosto que se extendía por la orilla. Una vez que dejaron atrás el embarcadero, Callum la cogió de la mano. Atónita por el gesto, Annie se lo permitió, preguntándose cuándo habría sido la última vez que había ido de la mano de un hombre.

Mientras ella estaba ocupada pensando en que Callum la hacía sentir de forma extraña, él la guió por el valle y subieron una colina, sin importarle que todos sus hombres estuvieran mirando. Sabían que a Callum le gustaba ella, y sus acciones lo demostraban. Si tan solo ella pudiera hacer que lo admitiera.

—En serio, necesito mi Piedra del Invierno —dijo preocupada.

—No te preocupes, muchacha.

Annie nunca se había considerado una persona obsesiva por naturaleza, pero claramente lo era, porque solo tenía una cosa en mente, y Callum era el principal implicado.

—De donde vengo, los hombres solo cogen a las mujeres de la mano cuando sienten algo por ellas.

—¿En ese sitio de donde dices que eres? —preguntó sin mirarla—. ¿Cómo se llamaba? ¿Mérica?

—A-mérica —respondió Annie. Y se quedó pensativa, porque él simplemente se negaba a confesarlo. No podía ser la única que se sentía de esa manera, ¿no? Tenía prácticamente decidido lanzarse a besarle ahí mismo, en medio del campo. Se peinó el pelo con los dedos e intentó encontrar el valor.

A la luz del día, el valle era precioso, aún inmaculado. El verdor de la hierba y el azul del cielo tenían una intensidad que Annie nunca había visto. La tormenta del día anterior nunca llegó a producirse, pero el valle no estaba seco. De hecho, nunca lo había visto tan fértil y frondoso.

Siguió a Callum por la colina hasta que llegaron a la entrada de una cueva, donde dos hombres hoscos hacían guardia. Un escalofrío de emoción le recorrió el cuerpo y consiguió aplazar sus obstinados pensamientos. Ella había venido buscando una cueva, y allí había una...

Se giró para fijarse en la zona e intentar calcular dónde estaba.

—¿Recuerdas a mi tío Brude? —dijo Callum señalando con la mano, y el hombre, con la barba acabada en dos puntas, se limitó a mirarla frunciendo el ceño. Callum señaló al otro hombre que estaba sentado sobre su trasero—. Angus —dijo él, presentándole.

Angus ladeó la cabeza y miró a Brude con los ojos entrecerrados. Los dos hombres intercambiaron miradas de sorpresa cuando vieron que Callum la invitaba a entrar en la cueva. Ninguno se quejó, no obstante, Annie supuso que era porque no se atrevían, a pesar de que la noche anterior su tío había mostrado claramente su desacuerdo.

—¿A dónde vamos? —preguntó ella a su espalda, aunque empezaba a intuir que ya lo sabía, y su corazón comenzó a desbocarse. Y por primera vez desde que había llegado, no tenía nada que ver con el hombre que la estaba guiando a través del laberinto de cuevas.

Callum se giró para mirarla, mostrando unos perfectos dientes blancos que resaltaban en la penumbra de la cueva y que serían la envidia de cualquier dentista.

—Te voy a enseñar lo que has venido a ver...

CAPÍTULO 9

La Piedra del Destino, era llamada *Lia Fail* por los irlandeses. La gente de Callum, en cambio, la llamaba *Clach-na-cinneam-hain*. Fuera cual fuera su nombre, ahí estaba, posada sobre un tosco altar de piedra tallada, en medio de la cueva más profunda y envuelta en una bruma que se elevaba desde rincones ocultos.

A pesar de que se había estado haciendo a la idea de verla, Annie no se sentía completamente preparada.

No brillaba con una luz santa. Ni siquiera parecía sagrada. Solo era un bloque enorme y oscuro de roca volcánica, pero aun así, era magnífica. Atraída de la misma forma que un imán atrae el metal, Annie cruzó como un rayo la sala. Afortunadamente, Callum no la frenó.

La piedra, mucho más oscura que la que estuvo bajo la silla en la Abadía de Westminster durante setecientos años, tenía la parte superior lisa, desgastada por el paso de los años. Sabía con certeza que era distinta porque había sacado miles de fotos de la otra con la cámara que ya no tenía. Tal y como había supuesto, la piedra no era de arenisca. Parecía ser de basalto, y al contrario que la que se suponía que era la Piedra de Scone, no tenía asas a cada lado, pero había unos agujeros donde podrían haber estado las anillas. Claramente, no era un objeto fácil de cargar. Mirándola más de cerca, sabía sin lugar a dudas de que la piedra que habían devuelto a Edimburgo en 1996 era una falsificación.

Esta tenía una placa de metal esculpida de forma enrevesada. Annie pasó los dedos por las letras grabadas, desgastadas por el tiempo, pero aún visibles.

«A menos que la ventura se torne errada,
Y la voz del profeta vana sea,
Donde se encuentre la sagrada piedra,
La sangre de Alba reina».

Se le secó la garganta de repente, y encontró dificultades para tragar.

«Aquí está, papá. ¡Aquí está!», pensó.

¡Esto sí que era una piedra que podría perdurar en el tiempo! El otro bloque de arenisca que se apropió Edward, se había roto al menos una vez desde que lo robaron de Westminster. Sin embargo, eso era lo que tenía a Annie tan intrigada con ese puzle, que las respuestas más aceptadas no eran las correctas.

Pero aquello... sí tenía sentido, siempre lo había tenido, que la piedra la hubieran escondido en algún lugar de la montaña. Siempre había estado segura de ello, a pesar de no tener ninguna prueba. Y en aquel momento, sabía exactamente dónde se encontraba.

La escena dejó a Annie tan impactada que tardó en darse cuenta de que su cristal brillaba suavemente en una esquina, con una luz verde fantasmal.

Su billete de vuelta.

Si usaba el cristal para regresar... ¿Seguiría la Piedra del Destino en aquel lugar? No recordaba haber visto esa cueva en sus expediciones. ¿Habrían tapado la entrada de alguna forma? ¿Se habría derrumbado con el tiempo? Acarició con los dedos la parte superior de la piedra lisa, que se había desgastado hasta adquirir un brillo sutil y miró a Callum, reparando en él solo entonces. Tan ensimismada estaba por el descubrimiento, que por un momento la piedra había eclipsado al único hombre del que se había sentido atraída a primera vista.

Era cierto. Nunca antes había sentido una atracción tan eléctrica con nadie. Ni tampoco se había sentido tan a gusto en presencia de alguien. Había algo diferente en Callum, muy diferente.

Pestañeó al mirarle y le vio con otros ojos. Aunque parecía un salvaje, era el hombre más civilizado que había conocido. Él la estaba dejando disfrutar del momento, intuyendo que era trascendental para ella. Paul nunca había querido quedarse en un segundo plano con nada de lo que le importaba. En aquel momento ni siquiera pensó, solo actuó. Se giró celebrando el momento, lanzó sus brazos alrededor del cuello de Callum y le besó con pasión, no para demostrar nada, simplemente porque sí. Había deseado besar a aquel hombre tanto como encontrar la Piedra del Destino.

Él emitió un sonido de sorpresa, pero un instante después se relajó y la agarró por la cintura instintivamente, mientras, Annie se deleitaba con la fuerza de sus brazos.

El mundo se detuvo cuando sus labios se fundieron en un beso ardiente. Fue el beso más apasionado, sincero y abrumador, de toda su vida. En aquel momento tan embriagador ya no necesitaba la Piedra del Invierno para comprobar lo que ya sabía. Su sexo se tensó haciéndola sentir una deliciosa presión entre ellos y todo pensamiento racional despareció en aquel instante. Sin pensarlo, dejándose guiar por sus sensaciones su mano se deslizó hacia abajo para acariciar la única evidencia que necesitaba.

—Me deseas —dijo suavemente con una sonrisa de satisfacción y la Piedra del Invierno ardió con más intensidad en un extremo inundando la sala con tonos rosados.

—¡Oh, Dios! —protestó Callum, pero al sentir la mano de ella sobre su sexo, toda su voluntad se desvaneció. Al diablo lo de esperar a Biera. Al diablo con los juicios y con sus hombres intranquilos. Si algún hombre se atrevía a tocar a aquella mujer, le arrancaría el corazón con sus propias manos.

Si necesitaba pruebas de que Annie era de carne y hueso, ya las tenía, porque su piel hacía arder sus labios y sus manos.

—Sí —respondió bruscamente—. Te deseo, muchacha.

La levantó y la colocó sobre la mesa de piedra, sintiendo su cuerpo temblar de deseo, algo que no había experimentado con ninguna mujer en sus casi treinta años. A pesar de sus intentos por negarlo, tanto a ella como a sí mismo, la pasión que sentía se estrellaba contra la realidad como una tempestad, arrasando sus venas con fuego líquido.

Extendió la mano para comprobar si estaba húmeda, pero sus intenciones se vieron frustradas al encontrarse con sus diminutas braguitas rojas. Por un momento, consideró quitárselas con cuidado, pero era una prenda absurda al fin y al cabo, y además, obstaculizaba su camino. Le temblaban las manos cuando desgarró el delicado encaje completamente cegado por el deseo. Las lanzó al suelo mientras ella se retorcía contra su cuerpo, buscando la parte de él que, en aquel momento, estaba más dura que la maldita piedra. En vez de quejarse, ella gimió con suavemente y abrió sus piernas como si fuera una flor.

—Oh, sí —susurró Annie, y de forma instintiva rodeó con sus piernas la cadera de Callum, anclando su cuerpo al de él, sin apenas pensar, dejándose guiar por el deseo. En alguna parte de su mente hizo una mueca pensando a dónde la llevaría, justo encima de la Piedra del Destino. Pero no podía hacer nada para frenarlo a esas alturas. Su piel ardía, sus pechos deseaban ser liberados, los músculos de sus piernas se tensaron y su cuerpo ansiaba con voracidad tenerle dentro. Podía sentir su cuerpo vibrar literalmente y se maravilló mientras abría las piernas todo lo que podía, deseando que él entrara dentro de ella.

Él la besaba de forma instintiva sin romper nunca el contacto con sus labios, y el anhelo de Annie se desbocó. Ver su ropa interior de encaje rojo despedazada en el suelo avivó su deseo aún más. Estaba claro que él también la deseaba a ella, pero la tocaba de forma delicada.

Aún quería más.

Sus dedos no la decepcionaron. Introdujo uno dentro de ella y gimió al descubrir su humedad. Annie gimió en respuesta y se deslizó un poco hacia abajo para facilitarle la entrada. Sin embargo, sentir sus dedos no era suficiente. Aún quería más. Quería todo lo que había visto por la mañana y lo quería ya. Su corazón estaba tan desbocado que los latidos parecían rugir en sus oídos.

Y de pronto, lo sintió, la piel caliente de él contra la suya, presionando fuerte, Annie chilló y se deslizó sobre su miembro, disfrutando cada vez que estiraba su cuerpo al penetrarla.

Suspiró con satisfacción y le besó con más intensidad, imitando con su lengua el movimiento exacto que quería que hiciera dentro de ella. Se sentía muy traviesa pero a la vez muy cómoda.

Pasó demasiado rápido. Y por una vez en su vida no le importaba nada más que los dos corazones que latían en esa habitación. La Piedra del Invierno brillaba con intensidad en una esquina y una niebla fría ascendía desde sus pies, que contrastaba con las manos calientes de Callum. Annie se sentía arder en llamas.

No tenía ni idea de cómo había ido a parar allí, pero, de pronto, se sintió mucho más en casa de lo que jamás se había sentido en ningún otro lugar.

Hicieron el amor apoyados contra la piedra, pero a ella le daba absolutamente igual que su espalda estuviera irritada del roce de la roca. Sus brazos la envolvían por completo mientras la penetraba, llenándola por completo para después retirarse, haciéndola sentir el mayor placer de su vida.

Por todos los dioses, Callum no habría podido parar aunque hubiera querido. Pero no quería. No lo haría. Había pasado mucho tiempo desde que había deseado el cuerpo de una mujer con tanta ansia.

Ella no se mostraba tímida, igualaba su deseo e incluso lo superaba con creces. Era una diosa, su princesa de las hadas, el deseo personificado. Él se deleitó con su cuerpo y su pasión, gimiendo de placer al sentir su lengua inundar su boca con un suave suspiro de éxtasis. Y entonces, en vez de sentirse tímida al recuperar el pensamiento racional, simplemente le sonrió y susurró con un tono lleno de satisfacción:

—Lo sabía —dijo—. Te gusto.

La Piedra del Invierno iluminó la gruta por completo con un fulgor ardiente que se asemejaba a la pasión que sentían, y él alcanzó el clímax al instante, llenando su cuerpo con una potente explosión de su simiente. En aquel momento tan embriagador, Callum creyó en las hadas después de todo, ya que no había ninguna explicación posible para lo que había ocurrido entre ellos, a excepción de la magia. Aquella cumbre en la que se había encontrado con ella por primera vez, se conocería para siempre como el valle de las hadas.

—Yo a ti también, muchacha —susurró con la mayor sensación de gozo que había sentido nunca—. Yo a ti también. Por ello, te prometo fidelidad... si me aceptas, Annie Ross.

CAPÍTULO 10

Sorprendida por sus palabras, Annie se tumbó sobre la Piedra del Destino.

Hablando del miedo al compromiso, él, por lo visto, no tenía ninguno. ¿Qué había ocurrido para que los hombres ya no vieran ese acto como un vínculo de unión?

Él la dejó ir, pero sus manos acariciaron sus pechos con suavidad, como solo sabía hacerlo un amante, y continuaron recorriendo todo su cuerpo. Incluso cuando ya habían terminado, siguió moviéndose dentro de ella, como si la acariciara por dentro.

—Te amaré y te protegeré siempre —le prometió—. Y te seré fiel, porque no tengo la intención de criar hijos que crezcan sin un padre.

Una dosis de realidad invadió la cueva, con una ráfaga de bruma fría, pero Annie ni se movió. Ni siquiera había pensado en ello. ¡Maldita sea!

No se podía quedar. Ahora con más motivo, tenía que marcharse, para poder demostrar a la comunidad científica lo que valía.

¿Qué había hecho?

Él era todo lo que había soñado en un hombre, pero este no

era su mundo. Había venido a este lugar con el propósito de encontrar la piedra para poder mostrarla en un mundo en el que solo se puede creer en algo si lo ves o lo tocas personalmente.

Estiró una mano sobre la piedra en la que estaba tumbada.

—¿Por qué está aquí? —preguntó cambiando de tema para aplacar su confusión.

—La hemos traído aquí.

—¿Por qué?

Callum se pensó la respuesta.

Había algo en la mirada de ella que le obligaba a decirla la verdad.

—La piedra está maldita —respondió él—. La mantenemos oculta de los buenos hombres.

Ella apoyó una mejilla sobre la fría y dura piedra, acariciándola con su rostro suave, de una forma en la que le hacía sentir envidia. Desde el instante en que la vio por primera vez, ella había sido sincera con él. La piedra era lo que estaba buscando. Ahora rezaba a los dioses, los antiguos y los nuevos, para que ella no le traicionara después de haberle desvelado la verdad. Quería confiar en ella, pero no tenía ninguna intención de permitirla marcharse con su preciada Piedra del Invierno. No era tan ingenuo como para permitirla ver la Piedra del Destino y luego dejarla en libertad con la única posesión que valoraba por encima de todo.

Y aun así, tenía esperanza...

Intuyendo que ella quería escuchar más, y sintiendo la necesidad de reafirmarse en su misión, se lo contó.

—*Clach-na-cinneamhain* perteneció a los gaélicos en un principio. Aquella era su reliquia sagrada, traída desde Erin. Una vez que nuestras naciones se unieron con MacAilpín en el trono, la Piedra del Destino fue bendecida por una de nuestras sacerdotisas para que cualquier jefe que se sentara sobre ella y empuñara la espada consagrada del *Righ Art* o Alto Rey y el jefe de jefes, pudiera gobernar los territorios unificados. Nuestro consejo escogió un nuevo nombre para una nueva nación, que no era ni gaélico, ni picto. Y hubo paz por un tiempo...

—¿Entonces qué pasó? —preguntó ella con los ojos verdes iluminados por la luz de la piedra de cristal, que brillaba mucho más que una simple roca. Solo Biera tenía conocimiento sobre aquellos asuntos.

—Entonces... MacAilpín asesinó a los hijos de las siete naciones para asegurarse el derecho a su valioso trono. Rompió nuestra tregua de sangre. Ahora la piedra que debería mantenernos unidos, maldice a cualquier hombre que se sienta sobre ella sin derecho y les induce a empezar una guerra contra su clan. *Clach-na-cinneamhain* ya no es una bendición para los hombres. Dejarla en sus manos haría que en Scotia fluyeran ríos de sangre.

Ella permaneció en silencio durante un instante, y mientras seguía tumbada, la luz de la Piedra del Invierno se atenuó.

—¿Y si no es culpa de la piedra? —preguntó ella—. ¿Y si sencillamente es... el destino?

Annie le miró a la cara, dándole vueltas a sus pensamientos.

«¿Hasta dónde debería contarle?», se preguntó.

¿Debería contarle que incluso sin la piedra, seguiría habiendo guerras entre los hijos de Escocia, hasta que les vencieran definitivamente? Sabía, por la historia, que los nietos de Kenneth MacAilpín regresarían de Irlanda, más gaélicos que pictos, vencerían a Giric el usurpador y recuperarían el trono de Escocia. Sin embargo, cuando ellos regresaran, el legado de la gente de Callum se extinguiría de forma abrupta. Daba igual lo que hicieran con la piedra, los hermanos continuarían matándose entre ellos y pronto los pictos desaparecerían, no serían nada más que un recuerdo.

El hombre con el que estaba hablando era, literalmente, el último de su especie.

Respiró hondo y se dio la vuelta, intrigada por saber más sobre Callum. Quería conocer exactamente dónde estaban destinados a ir, una vez que ella se hubiera marchado.

La cueva se quedó completamente a oscuras. La Piedra del

Invierno ya no iluminaba la gruta y Callum debió de sentir que ella se retiraba, porque rompió su unión en silencio, la colocó el vestido, y luego dijo:

—Tu bola de cristal estará a salvo aquí, mientras decidimos qué hacer contigo.

Annie elevó la mirada hasta encontrarse con la de él. Se sentó, y se recolocó la falda.

—¿Qué hacer conmigo? ¿A qué te refieres?

Él asintió serio, su expresión era lúgubre a pesar de que solo se intuía entre las sombras. Posó una única antorcha en el soporte de la pared más alejada, pero mantuvo su rostro oculto en las sombras.

—Sí, vas a tener un juicio justo cuando regrese Biera. —En su voz ya no había ni rastro de calidez—. Hasta entonces, vas a tener libertad para hacer lo que quieras. Pero ten cuidado, muchacha, si abandonas este valle y no te cortamos la cabeza por ello, destruiré tu bola de cristal, que no te quepa la menor duda.

Era demasiado para haberse sentido tan cercana a él.

El estado de ánimo de él cambió tan súbitamente como el color de la Piedra del Invierno, y ella tomó aliento cuando se dio cuenta de por qué. Intentó recordar lo que había dicho, pero no conseguía identificar el momento justo en que la piedra se había vuelto fría y oscura.

No le preocupaba demasiado perder la cabeza, pero no tendría ninguna oportunidad de marcharse sin la Piedra del Invierno. No obstante, lo que más le preocupaba era la idea de que su destino estuviera en las manos de una persona a la que nunca había visto.

—¿Quién es Biera?

—Nuestra sacerdotisa, la que nos ha traído hasta aquí y la que maldijo la Piedra del Destino. Mi padre confiaba en sus consejos ciegamente.

—¿Y tú no?

—Yo creo en lo que veo —respondió él—. Nada más.

Pero Annie ya no podía hacer eso, o quizás nunca lo había

hecho. Porque si eso fuera cierto, nunca habría ido en busca de la Piedra del Destino. Nunca habría encontrado esperanza en un oscuro artículo de un periódico, ni se habría empeñado en ir sola por las montañas, porque aunque esas cosas tuvieran sentido para Annie, no tenían sentido para nadie más. Aún no tenía ni idea de qué iba a hacer...

Se giró para mirar el cristal sin luz del rincón y volvió la mirada hacia Callum para darle un consejo:

—A veces, Callum, tienes que tener fe.

CAPÍTULO 11

Según iban pasando los días y siguiendo su propio consejo, Annie tuvo fe en encontrar una manera para volver a casa. Sin embargo, atrapada en aquel lugar, intentó aprovecharlo al máximo, aprendiendo todo lo que podía y le permitían sobre aquella gente y sus costumbres. Para Annie no se parecían apenas a las descripciones de Beda y sus contemporáneos. Pero, por desgracia, la historia no era objetiva. Le parecían gente amable e integrada en la naturaleza, pero bastante protectora con ellos mismos y sus familias, y preparada para luchar por sus creencias. Como en toda sociedad, había clichés y se dio cuenta de por qué parecían tan exaltados con el tema. Eran las últimas tribus pictas. Los ancianos que se reunieron la primera noche alrededor de la hoguera en el valle, eran sus representantes. Eso también explicaba por qué algunos de ellos llevaban diferentes figuras de animales pintados en su cuerpo. Pensó que podría ser alguna clase de asociación familiar, el lobo sería la de Callum.

Brude también llevaba un lobo, mientras que el resto de personas que se reunieron esa noche llevaban otros animales, uno por cada familia. Más tarde, aprendió por qué esa noche había dos que llevaban la insignia del lobo. Al parecer, el clan de Callum estaba dividido entre los que querían otorgar el liderazgo al hermano de Finn, Brude, o a su hijo, Callum. Por su bien, tenía la esperanza de que Callum saliera victorioso, decisión que dependía de Biera, al igual que su destino.

Callum la había asegurado que la vieja sacerdotisa era justa y tenía un corazón sincero, pero Annie necesitaba encontrar la manera de marcharse antes de que ella llegase. Por eso, mientras memorizaba todo lo que veía, también dedicaba su tiempo a pensar un plan para recuperar su cristal.

Tenía que haber alguna forma.

Con este fin, Dunneld se había convertido en su mayor aliado, a pesar de que él no fuera consciente de ello. Callum había asignado su vigilancia al buen guerrero, y con él a su lado, ella tenía vía libre para ir y venir por todo el valle. Él se encargó de su tarea de manera amable, quizás un poco distraído, y seguía a Annie como si fuera un perrito faldero lleno de curiosidad. Le explicaba todas las cosas que ella le preguntaba pero, la mayoría de las veces, se podía distraer con su propia sombra. Si hubiera tenido que buscar un caso de trastorno por déficit de atención con hiperactividad, él hubiera sido el ejemplo perfecto.

Una vez le pilló mirándole los pechos cuando le estaba enseñando el nuevo almacén. Pero resultó que no eran sus pechos lo que miraba con tanta atención. Su mirada estaba fijada en el imperdible que llevaba puesto en su camisa. Así que se lo quitó y se lo dio, y él se pasaba el día caminando de un lado a otro mientras observaba aquel invento metálico y brillante como si fuera un gran puzle que hubiera que descifrar. Callum también había sentido curiosidad por las cremalleras y los calcetines. Annie no podía imaginar qué pensaría sobre las televisiones o los aviones.

—¡Ay! —exclamaba Dunneld de vez en cuando, y Annie sonreía porque sabía el motivo de su exclamación. El alfiler no era uno de esos imperdibles de cobre endeble. Era nuevo y estaba bastante rígido. Ella misma se había pinchado el dedo cuando lo se lo había puesto la primera vez.

Aquel día supo que el crannog era una estructura antigua que estaban reconstruyendo, aunque los otros edificios se estaban construyendo desde cero. Sacaban la madera de los bosques antiguos, pero solamente cogían lo que necesitaban.

Mientras Dunneld seguía entretenido con el imperdible, Annie inspeccionó las colinas, en busca de grietas en la montaña que pudieran ser indicio de otro acceso a las cuevas. Sin embargo, no podía ver nada a simple vista, así que con la esperanza de acercarse más, arrastró colina arriba a Dunneld, que aún seguía toqueteando el alfiler, y le pidió que la acompañara hasta la cueva más alejada. Pero él no tenía intención de llegar más lejos. Se negó a seguir avanzando, y se plantó obstinado entre Annie y la escalera de cuerda que llevaba a lo profundo de la gruta. Incluso desde allí, Annie podía sentir su cristal llamándola, como una especie de energía que la atraía silenciosamente, al igual que aquel día en la tienda, a pesar de que entonces no se había dado cuenta de la conexión entre ella y la piedra.

Pasó una semana entera y Annie no consiguió acercarse al cristal, pero no se podía decir lo mismo de Callum.

A pesar de que había lanzado la advertencia de que «la cortarían la cabeza», la trató siempre como si fuera una invitada de honor, sentándose a su lado en las cenas, cuando al fin construyeron una mesa dentro de la gran sala. Dormía en su alcoba «para su protección», había dicho él, pero Annie sabía que no era solo por eso. El vínculo entre ellos se hacía más fuerte, a la vez que el deseo de regresar a casa se debilitaba. No podía evitarlo. Él la atraía tan inexorablemente como la Piedra del Invierno.

Hacían el amor todas las noches, a pesar de la reticencia que había mostrado él tras su primer encuentro en las cuevas. Le debía de haber afectado algo que dijo ella, porque trataba de mantener la distancia, sin embargo, Annie insistía. Por si se estaba arrepintiendo de hacerlo la primera vez, ella había encontrado una forma de compensárselo, le despertaba con sus labios y le amaba con su cuerpo. Le acariciaba con sus manos, y le adoraba con su boca y con su lengua. Si él dudaba de ella, solo necesitaba sentir la emoción en cada beso que le daba.

Ella, al igual que él, no entendía por qué el cristal y la habitación se habían quedado a oscuras. No le había mentido. Y tampoco era porque no le gustase. Todo lo contrario, le deseaba lo suficiente como para que no le frenase la idea de quedarse embarazada. De hecho, no podía imaginarse mayor felicidad que la de llevarse su bebé a casa con ella. Sabía que aquello no era un impedimento para marcharse. Tenía su propio destino que cumplir y, quizás, si tenía la suerte suficiente, podría llevarse a casa un trocito de él al que poder amar.

En cuanto a Callum, la colmaba de pequeños regalos que él mismo fabricaba con sus propias manos, por ejemplo, un broche tallado en madera de fresno que llevaba el símbolo de su familia para que pudiera sujetarse la capa alrededor de los hombros, y cubrir así el escote acabado en pico de la camisa de Kate. Muchas de las mujeres del clan llevaban mucha menos ropa, así que sospechó que lo hacía para controlar sus propias tentaciones, y saber eso la hacía sentirse satisfecha. Por una vez en la vida, le gustaba sentirse una tentación, y entendió por qué Kate siempre lucía su sexualidad como un arma, al igual que esos hombres lo hacían con sus espadas. Aquella era la primera vez que a Annie había reparado en aquellos pormenores, y sintió que él era quien despertaba en ella tales instintos primarios. Aun así, no tenía ni idea de en qué momento había tallado el broche si se suponía que su tarea era la de supervisar todo en el valle. Pero ahí estaba. Precioso, delicado y probablemente el mejor regalo que Annie había recibido en su vida.

Observó con ansiedad la luna, que era menguante, no creciente.

Al acabar la semana, tenía un aspecto mucho más parecido al del resto de mujeres del clan de Callum. Vestida con su falda, y su camisa sin remeter y con la capa de Callum, que reemplazó su poncho, sujeta a la altura de su garganta con el broche. Cada vez pensaba menos en la Piedra del Invierno, y más en lo que significaría pasar el resto de su vida con un hombre como Callum. Había algo muy placentero en despertarse en sus brazos y verle marchar al trabajo y regresar a ella cada noche. No había que preocuparse por sus intenciones, ni por molestas sospechas sobre trabajar hasta tarde, o miradas seductoras que la hicieran cuestionarse sus lealtades. Él era sincero en cada aspecto de su vida. Exigía al resto de su clan que respetase a Annie, y nadie se atrevía a desafiarle, así que sus miradas seductoras eran todas para ella y para nadie más.

En la habitación que compartían, ella guardaba todos los regalos que él le ofrecía en un mismo lugar, con la intención de tenerlos todos juntos para poderlos empaquetar rápidamente, como si pudiese llevarse algo con ella una vez que decidiera marcharse de ese lugar. Lo cierto era que a su llegada, Annie lo hizo únicamente con lo que llevaba puesto, además del cristal, y tenía la sospecha que de que no podría llevarse nada con ella de vuelta. Distraídamente, colocó su mano en su vientre plano, y cuando se dio cuenta de lo que hacía, se sorprendió por el gesto melancólico. Pero sacudió la cabeza, intentado volver a pensar en el cristal. De alguna forma, lo había sostenido durante su siesta, si de verdad había sido una siesta, porque no estaba nada convencida de que no estuviera muerta y de que aquel lugar no fuera el cielo.

Y lo cierto era que lo parecía.

Todo lo que había imaginado para ella estaba en aquel lugar. Estaba rodeada de historia, y repleta de atenciones de un buen hombre. Cuantas más cosas sabía de Callum, más le gustaba. Era un hombre con principios firmes, mucha bondad y lealtad hacia su gente. Quería hacer lo que creía correcto para todos, y ello se reflejaba en todos los aspectos de cada decisión que tomaba, incluyendo la voluntad de que Biera decidiera el sucesor de su padre.

Annie estaba un poco preocupada por el juicio que aún estaba pendiente, pero por lo que había visto, aquella gente tenía a Callum en gran estima.

Por otro lado, Brude, era demasiado bruto y autoritario, y no inspiraba el mismo respeto. Al menos se había tranquilizado un poco en lo que respectaba a Annie.

Un mañana Callum entró mientras ella observaba el broche que le había hecho.

—¿Qué haces, muchacha?

—Pensando...

Él se acercó despacio y Annie se colocó enfrente, con una sensación extraña. Con bastante frecuencia tenía que forzarse a mirar sus botas, porque cada vez que miraba a Callum, le preocupaba tener que marcharse.

—Piensas demasiado —dijo él.

El pecho de Annie se contrajo cuando él se acercó a ella, alargando la mano para cogerle de la barbilla cuidadosamente.

—Si estás preocupada por el regreso de Biera, deja de estarlo. Juro que no dejaré que nada te suceda, y lo digo en serio, *mo chroí*, mi corazón.

A Annie se le encogió el corazón. Asintió y él se agachó para besarla con ternura. Y sin decir más, la levantó en sus brazos y la llevó hasta el camastro.

CAPÍTULO 12

A Callum le preocupaba Annie.

Después de su primer encuentro en la cueva cuando la Piedra del Invierno se había vuelto fría, cubriendo de oscuridad la gruta, las dudas empezaron a crecer en él.

Ella le había mentido, pero... ¿sobre qué?

Una y otra vez, repasaba mentalmente cada palabra que habían intercambiado. No había nada de lo que había dicho ella que revelara respuesta alguna. Nada que pudiera delatarla, a no ser que la piedra no necesitara palabras, algo que tenía sentido para Callum, porque ¿para qué necesitaba una piedra las palabras? ¿Puede que sus intenciones hubieran cambiado mientras estaba en la cueva? ¿Quizás la piedra podía sentir algo que no se podía comprender con palabras?

Biera le había dicho una vez que todas las cosas nacen del amor o del miedo.

«Verdades y mentiras», había dicho Annie. La Piedra del Invierno era capaz de percibirlas y, de esta forma, podía predecir el destino de los hombres. Sin embargo, una mentira se podía utilizar para hacer el bien, mientras que una verdad podía llegar a ser algo malo. Quizás, sencillamente, las verdades y mentiras fueran palabras que no relataban la historia al completo, o quizás la piedra podía percibir los caminos verdaderos o los falsos. ¿Decisiones buenas o malas?

Mientras trabajaba junto a sus hombres, trataba de recordar cada una de las conversaciones que habían tenido, intentando encontrar pistas, entretanto la observaba subir una vez más a la colina, dirigiéndose hacia el área rocosa que rodeaba las cuevas. Se acercaba a ese lugar prácticamente todos los días, como si estuviera buscando algo.

Pero, ¿el qué?

Dunneld la seguía como su sombra. Si ella intentaba abandonar el valle, Callum se enteraría de inmediato, pero nunca parecía que lo fuera a hacer. Cada día volvía a sus brazos y le amaba como si no quisiera marcharse nunca, o quizás como si cada vez fuera la última.

Callum le había hecho una promesa, que pretendía cumplir, a no ser que ella le traicionase. Biera regresaría pronto, y conocía a la vieja sacerdotisa lo suficientemente bien como para saber que sería capaz de ver el lado bueno de Annie. Sin embargo, si Annie intentaba huir antes de que Biera hubiera regresado, no habría nada que Callum pudiera hacer para convencer al resto del clan de que ella no tenía malas intenciones.

No había muchas probabilidades de que pudiera escapar con la Piedra del Destino, pero si decidía irse y guiar a Giric hasta el valle, no habría nada que hacer para impedírselo, porque eso significaría que era el destino de su gente, y tenían la creencia de que las cosas sucedían como debían suceder.

Precisamente por eso siempre había estado en contra de llevar la piedra a aquel lugar. Maldijo a su padre por convencerle de lo contrario, porque si aquella lápida, la reliquia sagrada de aquellos reyes de Dalriada, estaba destinada a traer guerras a aquellos cuya sangre no era lo suficientemente pura para dirigir las dos naciones como una sola, entonces, quizás, del mismo modo que Kenneth

MacAilpín comenzó su reinado, también él y sus predecesores habían de vivir y morir.

Pero entonces, Callum comenzó a creer que estaba en aquel valle por un motivo. Y ese motivo era Annie Ross. Sentía que era la mujer de su vida, y estaba dispuesto a casarse con ella si pudiera, incluso sin la bendición de Biera. Pero, por desgracia, necesitaba estar seguro de las intenciones de Annie, por el bien de su gente. Ahora que su padre estaba muerto, si Biera decidía que así era, entonces su vida dejaría de pertenecerle. Lo único que podía hacer era esperar, observar y tener esperanza.

Annie se dio cuenta de que no iba a conseguir nada si seguía evitando tomar la decisión. Con el simple hecho de no decidir, ya estaba decidiendo. Aunque el tiempo no era tan lineal como uno podría suponer, tampoco parecía que se fuera a parar por completo. Aquella noche no podía vislumbrar la luna en el cielo nocturno.

Su memoria la estaba jugando una mala pasada. Todo lo que había leído estaba vagando difuso por algún lugar de su cabeza, y buscó en los rincones de su mente intentando recordar la información que necesitaba sobre la luna. En algún sitio había leído que la luna tardaba 27,3 días en orbitar la Tierra, en cambio, el ciclo de la fase lunar eran unos 29,5 días. No tenía ni idea en qué momento del ciclo había llegado, pero sabía que en menos de veinticuatro horas, podría ver la luna nueva aparecer en el cielo nocturno. A veces llevaba un poco más de tiempo debido a la contaminación, pero en aquel lugar no iba a tener problemas de visibilidad porque estaba limpio de polución. Nunca había sido capaz de ver un cielo tan despejado ni de tan inigualable belleza. Examinó con detenimiento la zona inferior, sabiendo que aquel era el lugar por el que la luna tendría que aparecer, elevándose en el horizonte. Eso era todo. Calculó que le quedaban unas veinticuatro horas, quizás treinta y seis con mucha suerte.

Tras haber inspeccionado el área de las cuevas, sabía que no había otra manera de entrar, excepto por la entrada principal de la cueva, que estaba siempre vigilada por dos hombres.

Necesitaba una distracción.

Había estado observando a los hombres trabajar, y se le había ocurrido una idea, aunque odiaba tener que llevarla a cabo. Pero necesitaba crear una distracción lo suficientemente grande como para que todo el mundo, incluido los hombres de la colina, se acercaran para ver qué pasaba. Creía haber encontrado el modo de hacerlo, y si todo funcionaba, pronto estaría de vuelta a casa. La idea le hacía sentirse triste, y creía saber por qué, pero no podía permitir que ese sentimiento la frenara.

CAPÍTULO 13

Tras unos días de mucho frío, el día siguiente trajo una calidez propia de finales de verano.

El sol se reflejaba en el lago confiriéndole el aspecto de una piedra preciosa, y Annie pensó en refrescarse un poco. Dejó a Dunneld en la orilla, y pasó largo rato nadando en el lago, hasta que sus dedos comenzaron a arrugarse. Se sentía agradecida por aquella muestra de confianza. Se zarandeó para meterse dentro de su falda, y sonrió al recordar la reacción que había tenido Callum al ver algo tan simple como una cremallera. Había muchas cosas que siempre había dado por sentadas, pero ninguna de ellas parecía ser importante en aquel lugar. Por ejemplo, las televisiones, ¿a quién le importaban? De todas formas, todo lo que echaban eran noticias de guerras, políticos acostándose con estrellas del porno y senadores que mandaban fotos de su pene a sus becarios. En aquel lugar el aire se llenaba de las risas de los niños, los hombres se hacían bromas entre ellos sobre el trabajo, y las mujeres trabajaban codo con codo con los hombres. Por las noches, se sentaban alrededor de una hoguera, contaban historias, se reían y compartían un trago de whisky.

Después de casi dos semanas, el trabajo duro de todo el

mundo estaba dando sus frutos. Los edificios ya tenían forma, y estaban planeando construir jardines para cuando llegara la primavera. Una chica joven llamada Fiona le enseñó las semillas de hierba pastel que plantarían. Una vez cosechadas, se podría hacer el tinte azul con ellas, además de jabón y una tintura medicinal.

A cambio, Annie le dio a Morag un consejo sobre refrigeración. Según recordaba, incluso en la cueva más alejada hacía bastante frío y estaba cubierta con niebla, sobre todo en las zonas en las que el aire frío se mezclaba con el caliente. Le explicó el concepto de refrigeración, obviamente no desde un punto de vista eléctrico, pues habría sido demasiado complicado para que aquellas gentes lo entendieran. En su lugar, les sugirió que guardaran el queso y otros alimentos perecederos en la cueva. Se iban a mantener más frescos allí que en la nevera de un carnicero. La idea de que el queso de la vieja Morag durara más tiempo del que tardaban en producirlo les emocionaba. Estaba feliz porque, al menos había hecho algo bueno, teniendo en cuenta los problemas que estaba a punto de causar. Todo por lo que había estado trabajando tan duro, estaba a punto de venirse abajo, pero era inevitable.

Tenía un plan muy retorcido, y había encontrado en Dunneld a un inocente ayudante, así que le mandó a trabajar con la promesa de darle sus calcetines. Se había quedado cautivado por ellos, cuando la vio lavándolos en el lago. Y por supuesto, aceptó, porque el invierno estaba cerca y, por suerte, era talla única.

Callum tenía un mal presentimiento.

No había visto a Annie en todo el día. Ni tampoco había visto el pelo rojizo de Dunneld por ninguna parte. Se estaba haciendo tarde, estaba sudoroso, cansado y listo para cenar, para después encerrarse con su pequeña hada, que tenía una lengua y unas manos mágicas.

—¿Has visto a Annie? —preguntó a Morag cuando pasó junto a ella en el embarcadero.

—En el almacén —dijo con un tono de queja en su voz, a pesar de que se había vuelto más transigente con Annie, desde que había encontrado una forma de mantener fresco su queso.

Por el camino se encontró con Brude y le preguntó.

Su tío se paró y se rascó la cabeza.

—La última vez que la vi se dirigía hacia el crannog —dijo él—. Pero no estoy seguro. Pregúntale a Dunneld.

—Lo haría si supiera dónde se ha metido ese canalla —murmuró Callum, más para sí mismo. Y entonces recordó que Dunneld había aceptado encargarse del turno de la tarde en la entrada de la cueva y, de verdad, esperaba que el hombre supiera lo suficiente como para no permitir la entrada a Annie. Era una diablilla muy obstinada, y sabía exactamente como salirse con la suya. Le había costado mucho resistirse a entregarle el cristal, y solo lo había hecho por miedo a perder lo único que la mantenía en el valle.

«*Mo chreach*», pensó Callum, temiendo lo peor.

Anhelaba a aquella mujer de la misma forma que un borracho ansiaba un trago de whisky. Aquel pensamiento le produjo sed, y aprovechando la cercanía al lugar, se apresuró en dirección al almacén con la firme intención de conseguir un trago y localizar a Annie.

Por la noche quería enseñarle a Annie la bolsa que había fabricado para ella con el cuero que había obtenido de su última caza. Ella se había mostrado tan triste y decepcionada por la desaparición de su bolsa azul, que había teñido esta del mismo color con lo que quedaba de su tinte añil. No se podía elaborar más hasta la primavera, que era cuando las plantas pastel crecían y estaban listas para la cosecha. Había estado orinando en la tina tres días seguidos, hasta estar seguro de conseguir un tinte óptimo y de color intenso. Entonces había sumergido la bolsa de cuero en el cubo y el color se había fijado bastante bien. En aquel momento se estaba secando al sol, y la idea de enseñársela le emocionaba.

—¡Ay!, Annie Ross, desde luego te has convertido en mi pequeña hada —se dijo a sí mismo mientras sacudía la cabeza, preguntándose si su padre estaría sonriendo desde su tumba al ver a Callum sentar la cabeza de una vez por todas, sobre todo con una muchacha tan preciosa.

Se estaba poniendo el sol y empezaba a refrescar. De la nada, apareció una delicada bruma que descendía por la colina, alcanzando la roca donde Annie yacía escondida, a la espera.

—¿Esta noche? —preguntó una voz familiar.

Annie no tardó en reconocerla, pero no supo a quien pertenecía la voz hasta que atisbó por encima de la roca. Aun así, Annie parpadeó asombrada. Se trataba de Dunneld junto con otro hombre. Pero acababa de escuchar claramente el nombre de Callum, y también estaba totalmente segura de que les había escuchado decir que querían matarle. «¡Oh, no! ¡Pensaba que eran amigos!». Además Dunneld se había mostrado muy dispuesto a ayudar al pedirle que llevara todos los alimentos a la cueva. Le había convencido de que era el lugar más seguro para mantener las reservas, y de que todos los alimentos perecederos aguantarían mucho más. El resto de cosas las había podido mover Annie con facilidad. Las colocó en un lugar que no fuera difícil de encontrar después de que ella se hubiera marchado. Afortunadamente, durante todo el proceso, todos se encontraban demasiado ocupados con la construcción.

Ella continuó observando y vio a Dunneld sacudir la cabeza.

—¿Por qué no podemos esperar hasta que vuelva Biera, Fergus?

—El crannog ya está casi terminado. Una vez que todo el mundo se asiente, ni siquiera los propios dioses serán capaces de expulsarles de este maldito lugar.

Dunneld ladeó la cabeza con un gesto de súplica.

—No se está tan mal aquí —le reprochó al tal Fergus—. ¿Y si Finn estaba en lo cierto? Quizás esto es lo correcto.

A Annie le pareció que estaba librando una batalla con su conciencia.

—¡No! —explotó Fergus. Era incluso más grande que

Dunneld, tenía el cabello de un rojo tan ardiente como el de Kate y llevaba pintado en el brazo y el hombro un pájaro desfigurado, muy parecido al que llevaba Dunneld en la espalda. Creía recordar haberle visto la primera noche en el valle, alrededor del fuego, aunque oculto entre las sombras y en silencio. No obstante, teniendo en cuenta la escena que había montado Brude aquella noche, había resultado difícil fijarse en los demás. Su barba era como la de Brude, acababa en dos puntas, y le llegaba hasta la mitad de su oronda barriga.

—Máel no va a venir aquí, y yo no la pienso forzar —dijo él.

Dunneld frunció el ceño.

—Bien, padre, pero me parece que estás anteponiendo tu propio bienestar al del clan.

¿Padre e hijo?

—¡Es demasiado tarde! —gritó Fergus enfurecido—. ¡Solo los dioses pueden interferir ahora!

Annie comenzó a pensar a toda velocidad: «¿Demasiado tarde? ¿Tarde para qué?»

Comenzó a sentir verdadero terror por Callum. Pero no era el momento para preocuparse. De repente, escuchó un sonido aterrador en la distancia, un estruendo que no sonaba para nada como la explosión que había planeado, aunque no podía ser otra cosa. El sonido reverberó por toda la colina, produciendo un eco parecido al de rocas metidas en una lata.

Los dos hombres se giraron para mirar hacia el lago.

—¿Qué es eso? —preguntó Dunneld, paralizado escuchando.

Fergus sonrió y se tiró de la barba.

—Eso, hijo mío, es la voluntad de los dioses.

CAPÍTULO 14

El crannog se derrumbó por un costado golpeando la superficie del lago con tanta fuerza que el agua salió disparada hacia el cielo estrellado.

Callum, camino al almacén, se quedó petrificado al escuchar el estallido intuyendo lo que había ocurrido. En aquel instante, una segunda explosión resonó por todo el valle, aquella vez procedente del almacén. Se giró a tiempo de ver las llamas alzarse hacia el cielo oscuro. En pocos segundos, el edificio entero estaba ardiendo y no había nada que él pudiera hacer para sofocar el fuego.

Dudando qué camino tomar, supo que el almacén estaba perdido, en cambio, si alguno de sus hombres se encontraba cerca cuando el crannog se derrumbó, podrían estar heridos o incluso muertos. Sin un segundo que perder, se apresuró en dirección al lago, pero entonces una idea terrible le sacudió con violencia. ¿Y si, como Brude había dicho, Annie se encontraba dentro?

Al detonar la segunda explosión, Fergus y Dunneld se miraron el uno al otro, y entonces, sin decir una sola palabra se precipitaron colina abajo, dejando la cueva sin vigilancia.

Al escuchar la segunda explosión, que sonaba mucho más a

combustible líquido, Annie se encontraba confusa. Se quedó sentada, paralizada, sin saber qué hacer.

Elevó la mirada hacia el cielo estrellado, buscando alguna señal de la luna nueva. No había nada. Pero, aun así, presentía que era el momento. Era ahora. Aquella noche debía de ir a la cima de la colina con su Piedra del Invierno, porque si no...

«¿Si no qué?»

Si no se quedaría atrapada para siempre en aquel lugar.

Nunca volvería a ver a su prima Kate, ni a sus amigos. Viviría sin electricidad, sin sushi, y sin la oportunidad de poder volver a comprarse otra mochila. Y lo más importante era que el secreto de la Piedra del Destino se perdería para siempre, o al menos, hasta que apareciera otra persona con la suficiente curiosidad para ir en su busca. Pero no sería ella.

Con la certeza de que si no lo hacía en aquel momento, no lo haría nunca, Annie saltó de su escondite y corrió hacia la cueva. Gracias a las antorchas pictas que colgaban de las paredes, pudo acceder con facilidad por los laberintos de la cueva y se adentró en sus profundidades, en busca de la Piedra del Invierno, que se encontraba sobre un saliente en una esquina. Tras cogerla y tan rápido como sus pies se lo permitieron, comenzó a salir de la cueva, con la adrenalina inundando sus venas ante la idea de conseguir su propósito.

En su mano, la piedra estaba oscura por primera vez desde que la había descubierto. «Quizás se le han acabado las pilas», pensó irónicamente apresurándose entre las grutas, y agradeciendo la iluminación de las antorchas, ya que la piedra no emitía ninguna luz.

Una vez en el exterior, sus pies se encaminaron automáticamente en la dirección a la que sabía que tenía que ir. Solo entonces se iluminó la Piedra del Inverno.

Las aguas del lago se agitaban a medida que fragmentos del tejado del crannog caían al agua. Cediendo por la presión, otro pilar acabó por resquebrajarse y arrojó más madera al lago. Callum se zambulló en el agua mientras los enormes troncos de la construcción salían disparados en dirección al lago, ignorando su propia seguridad y con la firme intención de salvar a Annie y a su gente.

Las dependencias del jefe estaban medio sumergidas, mientras que el tejado estaba en llamas. Se había prendido fuego al entrar en contacto las antorchas con el techo de paja caído. Columnas de humo negro se elevaban en el cielo. A su espalda, el almacén incendiado también escupía nubes de humo, provocando la ilusión de estar en el infierno, a medida que el oscuro cielo se tornaba más amenazador y las aguas del lago se oscurecían bajo el humo y un cielo sin luna.

Cuando las aguas se calmaron, pudo escuchar con claridad las voces de pánico de su gente por encima del rugido de las llamas. Aquellos que podían nadar se lanzaron a ayudarle, buscando a las pobres almas que pudieran haber quedado atrapadas al colapsar la estructura.

«¡Por los pecados de Sluag! Esto no debería haberse desplomado», pensó Callum. La construcción estaba casi completada, y él había revisado personalmente todos los pilares. Eran nuevos y resistentes, recubiertos por madera de pino, y deberían haber durado, por lo menos, unos pocos años.

Una y otra vez, Callum se sumergía en el agua intentando ver algo, pero el lago estaba agitado, las aguas eran turbias y oscuras, y la poca luz que había estaba desapareciendo. Salió a la superficie y gritó:

—¡Annie! ¡Annie Ross!

No hubo respuesta y una sensación de pánico comenzó a recorrerle el cuerpo.

Muchos de los que no podían nadar se estaban juntando en la orilla. Otros corrían con cubos de agua del lago para intentar apagar las llamas del almacén. El fuego ardía rápido, alimentándose no solo de leña, y con una luminosidad que contrastaba con la creciente oscuridad. El cielo, purpúreo y furioso, oscureció el horizonte y Callum escudriñó la orilla para intentar encontrar lo que buscaba.

Annie no se encontraba entre ellos. El corazón se le encogió de dolor en el pecho. No quería perderla, no de aquella manera. ¡No podía! Ella era la única razón por la que había permanecido en aquel lugar. Sin ella a su lado, no tenía intención de quedarse. Había hombres que estaban mucho más preparados que él para guiar a su gente, y junto con la Piedra del Destino podrían crear su propio camino, incluso si él desaparecía del valle.

—¡Annie! —gritó otra vez.

Y entonces escuchó el sonido de su voz llamándole desde la distancia. Se dio la vuelta y la vio corriendo colina abajo, aunque no era ella lo que veía exactamente, sino el brillo del orbe. Ardía como el ojo de Dios en sus manos. Ella corrió hacia él, mientras gritaba su nombre, y Callum nadó hacia la orilla todo lo rápido que pudo, atraído por Annie como si fuera un imán, dejando que sus hombres siguieran buscando por la zona donde se había derrumbado el crannog.

CAPÍTULO 15

Los daños eran incalculables. La mitad del crannog había quedado destruido, y muchas de las vigas que sostenían los techos y suelos, se habían perdido en las profundidades del lago, sin posibilidad de recuperarlas. La mayor parte de los tejados de paja se habían quemado, dejando el interior de las estancias expuesto a las inclemencias del tiempo. Necesitaban obtener más madera del bosque, pero con el invierno tan próximo, tenían por delante un largo y arduo trabajo.

No quedaba ni rastro del almacén, que había quedado reducido a cenizas, aunque casualmente todo el contenido del mismo había sido trasladado ese mismo día. Callum tenía la certeza de que la responsable de aquello era Annie, pero no podía haberlo hecho sola. Tenía un cómplice, pero ella aún no le había delatado.

El fuego había sido provocado, pero era mucho más grave el hecho de que los pilares del crannog hubieran sido saboteados. Varias de las columnas de carga tenían cortes por debajo de la superficie del agua. El resto no había soportado el peso y se había venido abajo. Por suerte, en aquel momento, ya casi habían acabado todo el trabajo del día, y no quedaba prácticamente nadie en el crannog, a excepción de una mujer y dos hombres, uno de los cuales, Angus, había fallecido, tras caer al lago. En un principio, Callum supuso que se había ahogado, sin embargo, su cuerpo estaba hinchado y sin sangre. Lo que indicaba que Angus llevaba muerto un día entero o más. Alguien estaba jugando sucio. De eso no había duda.

Se reunieron alrededor de Clach Tolargg, el lugar donde celebraban sus reuniones, para debatir sobre los crímenes acontecidos. Todo el mundo estaba presente, nadie estaba excluido de aquella discusión. Las conclusiones a las que llegaran aquella noche iban a tener consecuencias serias, sobre todo en lo referente a la piedra.

—Yo trasladé los alimentos —confesó Annie—. Y fui yo la que colocó una mecha en los barriles... Lo siento. —Sacudió la cabeza —. ¡Pero yo no tuve nada que ver con el crannog! —dijo negando la acusación.

Callum le permitió quedarse con la Piedra del Invierno, pero tenía sus motivos. En sus manos, tenía un ligero brillo de tono rosado. Si estaba en lo cierto en lo que respectaba a la piedra, debía de estar diciendo la verdad, a pesar de que nadie más pudiera ver lo que él veía. Pedían su cabeza, y si no conseguía encontrar una forma de demostrar lo que su corazón ya sabía, ella tendría que morir esa noche. Llegado el momento lo haría él mismo, porque lo más correcto era que fuera él quien le cortara la cabeza.

La noche se cernía oscura, iluminada tan solo por el fuego y la bola de cristal de Annie. Emanaba de sus manos, iluminando suavemente su atuendo blanco con aquellas pequeñas protuberancias, a las que ella llamaba botones. Llevaba puesta su capa, sujeta alrededor del cuello con el broche que le había regalado. Y no tenía esas extrañas prendas llamadas calcetines, según ella. Sin embargo, advirtió que Dunneld los llevaba puestos en sus pies, y quedaba un poco extraño con sus zapatos de cuero. Callum no hizo preguntas al respecto, aún no era el momento, necesitaba saber algo más.

Miró a los ojos verdes de Annie. Aunque los demás no pudieran, él la podía ver a la perfección gracias a la luz del orbe.

—Has conseguido tu Piedra del Invierno, ¿por qué no te has marchado?

—Estaba oscuro —respondió ella en voz baja.

Callum la miró con la cabeza inclinada, era el único que podía entender su respuesta.

—Es decir... Hasta que empecé a correr hacia el lago —dijo ella, mirándole directamente a los ojos, con los ojos llorosos—. Entonces se puso roja, así que seguí corriendo.

Para Callum, todos los sonidos parecían desaparecer, salvo por el latido de su propio corazón. Incluso el viento parecía haberse detenido. Su corazón se encogió y lanzó una mirada a los miembros de su clan. Todos ellos se mostraban desconcertados por las palabras de Annie... Todos, excepto Dunneld, cuya mirada se encontraba fija en los calcetines que llevaba en los pies.

Se escuchó el sonido lastimero de un lobo aullando en la distancia. Así es como se sentía Annie en aquel momento. Le latía tan fuerte el corazón que se preguntó si los demás podrían oírlo, pero intuía que, al igual que ocurría con el brillo del cristal, era algo que solamente podía apreciar ella, junto con Callum.

Él se sentó sobre una roca de la misma forma que se sentaría un rey en su trono, y la miró fijamente como esperando a que dijese lo que quería escuchar. Ella no sabía qué decir para arreglarlo. Había provocado muchos daños esa noche, pero lo del crannog no había sido por su culpa. Tuvo que ser eso el primer estruendo que escuchó, y tenía la sospecha de que Dunneld y Fergus tenían algo que ver con todo aquello, pero si hablaba en aquel momento, y Dunneld era inocente, entonces él también tendría que vérselas con la resplandeciente espada que tenía Callum desenvainada en su mano, y cuyo filo relucía anhelante a la luz del fuego.

Echó un vistazo al cielo nocturno, y consiguió ver la luna nueva como un puntito brillante en el cielo, pero lo único que la preocupaba en aquel momento era que había decepcionado a Callum y había traicionado su confianza. Estaba todo demasiado oscuro y apenas veía su rostro, pero era suficiente para percibir el descontento en sus ojos acerados. Seguramente, decir que estaba descontento era quedarse muy corto.

Gracias a ella, no se habían perdido los contenidos del almacén, salvo por el edificio en sí y el whisky, pero, aun así, no tenía la menor idea de qué decir en su defensa y decidió no decir nada. Habiendo visto lo duro que trabajaba aquella gente, se dio cuenta de que no iba a ser tan fácil como ir a una licorería a comprar más whisky o contratar más hombres para reconstruir el almacén. No podía ni escuchar las respiraciones de los demás. Todos estaban esperando el veredicto de Callum, intrigados por la decisión que tomaría.

—¡Vaya! Os dejo solos un solo verano, ¿y esto es lo que hacéis? —gritó una voz desde las sombras, rompiendo el silencio.

Annie se giró para ver a una mujer de un solo ojo y pelo canoso acercándose al fuego desde las sombras apoyada en un bastón que tenía incrustado un cristal muy parecido a la Piedra del Invierno, y que emitía un suave brillo. La gente comenzó a hacerse a un lado para dejar pasar a la recién llegada al círculo, y cuando se acercó, Annie se quedó sin aliento de la sorpresa.

Era la tendera.

Se giró para mirar a Annie y sonrió.

—Lo has hecho bien, muchacha —dijo.

—¡Por fin! —exclamó Callum antes de levantarse de la roca para acercarse espada en mano. Annie se estremeció, dio un paso atrás y se escondió detrás de la tendera, intuyendo su papel relevante entre aquellas gentes—. ¿Dónde has estado, anciana?

—Dije que regresaría antes de las primeras nieves, y aquí me tienes —respondió la mujer manteniendo su postura firme cuando Callum se colocó frente a ella. En la tienda, Annie no se había fijado en lo pequeña que era la mujer, y no lo constató hasta que esta se enfrentó a Callum. Parecía increíble que la pequeña mujer no le tuviera ni una pizca de miedo, a pesar de eso, Annie ya no se sentía tan segura, incluso después de todo lo que había pasado entre ellos. La tendera estiró un brazo y empujó a Annie detrás de ella, para defenderla.

—¿Conoces a esta mujer? —dijo Callum en forma de pregunta retórica. Parecía haberse dado cuenta de la conexión que había entre ellas.

—Sí —confesó la tendera. La conozco bien. Fui yo quien trajo a la muchacha a este valle.

De pronto, Callum sacudió su puño frente a ella.

—¡Por fin! Algo que tiene sentido —dijo él envainando su espada.

La mujer se giró hacia Annie, invitándola a que diera un paso adelante junto con el cristal.

—¿Has descubierto el secreto de la Piedra del Inverno? —preguntó, pero Annie intuía que ella ya sabía la respuesta a esa pregunta. La mirada de su único ojo estaba repleta de astucia y resultaba bastante perturbadora.

Annie se encogió de hombros insegura, pero luego asintió con la cabeza, creyendo entender algo que el día anterior no había sido capaz de comprender.

La tendera sonrió.

—Me llaman Biera, pequeña y, de nada, por traerte a casa. Por tus venas fluye la sangre del guardián. Ahora, acércate con tu piedra y libera la verdad de una vez por todas.

Callum observó a Annie de una manera completamente distinta. En su mirada ya no había decepción, pero sí algo de sorpresa.

Biera alzó una ceja enjuta.

—Guarda tu espada, Callum mac Finn, al menos por ahora.

Se giró para mirar a Annie y le hizo un gesto con la cabeza. A Annie se le aceleró el corazón, pero colocó su capa detrás de ella y levantó el cristal, mirando directamente a los ojos de Callum.

—Creo que sé quién ha sido —dijo ella. Se giró y se dirigió

directa hacia Dunneld, y le entregó el cristal. Algo asombrado, Dunneld lo aceptó, y lo sostuvo nerviosamente entre ellos. Los calcetines amarillos se volvieron anaranjados por su luz.

—Te escuché hablando con Fergus —dijo de repente, y esperó a que lo confesara. Y no hizo falta insistir demasiado. Aún con la piedra en la mano, Dunneld pasó al lado de ella y se dirigió hacia Callum.

—¡Dios, Callum! Dijo que era necesario para el bien de todos —anunció Dunneld a todo el mundo.

—¡Mentiras! —gritó Fergus.

Dunneld prosiguió, como si quisiera quitarse un peso de encima.

—¡Juro que no sabía lo del crannog! —En sus manos, el brillo rosado de la Piedra del Invierno se mantuvo con intensidad—. Yo solo accedí a ayudar a convencer al clan para marcharse. ¡No tuve nada que ver con la muerte de Finn!

—¡Mentiras! ¡Mentiras! ¡Es una sarta de mentiras! —protestó Fergus—. ¡No eres hijo mío!

Biera hizo un gesto a Annie elevando la barbilla, y Annie se apresuró para coger la piedra de las manos de Dunneld. Se acercó a Fergus y se la entregó.

—¡Demuéstralo! —le retó ella.

—¡No quiero tu maldita piedra! —le gritó.

El sonido que produjo la espada de Callum saliendo de la vaina le produjo escalofríos a Annie.

—Coge la bola de cristal —dijo.

Detrás de Fergus, el resto del clan se reunió a su alrededor, formando un círculo para impedirle la huida.

El corazón de Annie latía a toda velocidad mientras alzaba la Piedra del Invierno una vez más, pidiendo silenciosamente a Fergus que la cogiera.

Aún dudoso, miró a Biera a los ojos y luego examinó al resto del clan.

—¿Qué prueba esto? —preguntó mirando otra vez a Callum—.

¡Es solo una piedra!

Una vez dicho esto, arrancó el cristal de las manos de Annie, y lo lanzó lejos. Al tocarlo el color rosado desapareció al instante.

La voz de Biera resonó en la noche.

—¡Una verdad maligna es mucho peor que mil mentiras! —pronunció haciendo que el sonido reverberase a lo largo del valle —. ¡Negro es el color del miedo, y donde hay miedo no hay lugar para la luz o el amor! ¡Fergus mac Aniel tu temor ha conducido tu malicia en contra de tu propia gente!

Tras un instante tenso en el que se produjo un silencio incómodo, Fergus dijo enfadado:

—¡No es nuestro trabajo proteger a los hijos de esos bastardos! —En ese momento se estaba dirigiendo a todos, golpeándose el pecho—. ¡Somos hijos de reyes, pero esta bruja demente prefiere que nos escondamos en este valle! ¡Vuestros huesos se pudrirán aquí y vuestros nombres serán olvidados!

Atormentado por tener que hablar en contra de su padre, con una voz ronca y llena de arrepentimiento, Dunneld dijo:

—Fue él quien convenció a Angus para que cortara los pilares, luego lo asesinó y arrojó su cadáver al lago.

—¡Maldito! —exclamó Fergus—. ¡Nunca fuiste mi verdadero hijo! ¡Tu madre era forastera y tú no eres más que una alimaña!

—¡Cogedle! —gritó Callum furioso.

Brude fue el primero que se lanzó a atrapar a Fergus, agarrándole de los brazos.

—¡Y tú! —dijo Fergus dirigiéndose a Brude—. ¡Tú tampoco deseabas esto! ¡Ahora tu semen se marchitará y tus descendientes serán olvidados!

Brude le tiró con violencia del brazo.

—Yo nunca mataría a un hombre para cumplir mis propósitos, y mucho menos a un hermano, ¡no eres más que un maldito cobarde! Al menos tendrías que haber luchado contra Finn como un hombre.

Se acercaron dos más para sujetarle y entre todos se lo llevaron, mientras profería insultos de todo tipo. Annie se quedó paralizada y perpleja por todo que había ocurrido, hasta que Callum se situó a su lado.

—¿Qué vas a hacer? —le preguntó de repente.

—Voy a cortarle la cabeza —respondió Callum, mientras fijaba la mirada en su cuello. Annie se estremeció y añadió con un brillo en sus ojos—. Mejor él que tú.

Biera se acercó a ellos, Callum se giró hacia la sacerdotisa y con una voz llena de emoción le dijo:

—Si me lo hubieras dicho desde el principio te habría creído, Biera. Si sabías lo de Fergus, ¿por qué no dijiste nada?

La anciana le ofreció una sonrisa pícara y levantó una de sus cejas blancas.

—Bueno, mira, no te comportes como un tonto... ya sabes que no he traído a la muchacha para decirte nada de esto. Tenía la esperanza de que ella misma supiera lo que tenía que hacer en mi lugar cuando llegara el momento. Y en tu corazón sabes por qué está aquí, el resto lo dejo para que lo deduzcáis vosotros.

Dicho esto, agarró la Piedra del Invierno y se marchó, solo se giró el tiempo suficiente para guiñarle el ojo a Annie. El cristal iluminó la mano de Biera con un brillo verdoso mientras ella se encaminaba colina arriba, hacia las cuevas, con un paso alegre que no correspondía al de una persona de una edad tan avanzada. Mientras se marchaba, levantó la mano en la que tenía la Piedra del Invierno.

—No necesitas esto para reconocer la verdad —añadió.

Callum colocó su mano alrededor de la nuca de Annie.

—Tenías tu piedra y aun así no te has ido —repitió—. ¿Quiere decir esto que pretendes quedarte?

La sonrisa de Annie volvió a aparecer en su rostro.

—Eso parece.

—Te quiero, Annie Ross —dijo él con dulzura, y suspiró haciendo que Annie se sintiera amada de una manera en la que las palabras no eran suficientes.

Ella sabía en su corazón que eso era lo correcto. Lo sentía en sus huesos, y al parecer, sus piernas habían sabido hacia dónde dirigirse mucho antes de que en su cabeza se hubiera dado cuenta. Tan pronto como imaginó a Callum herido, se había lanzado a ayudarle. Si se paraba a pensarlo, no había nada por lo que regresar, porque su hogar estaba en los brazos del hombre al que amaba, el único que la había amado, y lo sabía por la mirada de adoración que tenía en sus ojos. Ahora era capaz de reconocerlo.

Arriba en el oscuro cielo, la luna nueva tenía forma de sonrisa celestial, casi como una mueca de medio lado, fina y curva, que hacía juego con la sonrisa boba que iluminaba el rostro de Callum.

—¿Me aceptas como tu esposo, Annie Ross?

—Te acepto —respondió ella, devolviéndole el abrazo, preguntándose cuánto debería contarle sobre el lugar de donde venía. Quizás lo mejor fuera que siguiera creyendo que era un hada, porque si, de hecho, su gente estaba destinada a desparecer de la historia, lo único que importaba era el aquí y ahora.

—Tengo un regalo para ti —dijo él.

—¿Otro?

—Sí —respondió él—. Una mochila azul. Ahora está seca, y te servirá bien tanto en el mar como en la montaña.

Annie sonrió al recordar las primeras palabras que le dijo, y entonces se puso de puntillas para besarle en los labios, un beso dulce que traicionaba lo que sentía en su corazón.

—Bueno —dijo él—, sobre el whisky al que prendiste fuego…

—Aprenderé a hacer más —prometió ella.

—Sí, muchacha, lo harás, pero mañana.

Entonces la abrazó y la besó apasionadamente, con los labios incendiados de deseo. Annie se fundió en su abrazo.

Por muy ridículo que pudiera parecer, se le vinieron a la cabeza Alicia y Dorothy. Alicia había conseguido regresar a casa a través de la madriguera, y Dorothy había chocado sus tacones de color rubí. Pero Annie estaba contenta aunque no pudiera regresar nunca, porque Biera tenía razón: «Ya estaba en casa».

SOBRE LA AUTORA

 Nacida en Rota, España, Tanya Anne Crosby vive ahora en los Estados Unidos con su marido y sus dos hijos. Las novelas de Tanya Anne Crosby han aparecido en numerosas listas de bestsellers, incluyendo New York Times y USA Today. Mejor conocida por historias llenas de emoción y humor, repletas de personajes imperfectos, sus novelas se han ganado el reconocimiento de los lectores, además de unas críticas brillantes. Vive con su marido, dos perros y dos gatos caprichosos en el norte de Michigan.

Mas información:
www.tanyaannecrosby.com
tanya@tanyaannecrosby.com

www.ingramcontent.com/pod-product-compliance
Lightning Source LLC
Chambersburg PA
CBHW050538160726
48003CB00002B/658